U0858464

21世纪
年度最佳
外国小说
2014

GOING HOME AGAIN

人民文学出版社
PEOPLE'S LITERATURE PUBLISHING HOUSE

著作权合同登记号　图字 01-2014-6432

图书在版编目(CIP)数据
回家/(加)博克著;马爱农译. —北京:人民文学出版社,2014
(21世纪年度最佳外国小说)
ISBN 978-7-02-010646-2
Ⅰ.①回…　Ⅱ.①博…②马…　Ⅲ.①长篇小说—加拿大—现代　Ⅳ.①I711.45

中国版本图书馆 CIP 数据核字(2014)第 251442 号

责任编辑　翟　灿
装帧设计　刘　静　马诗音
责任校对　常　虹
责任印制　苏文强

出版发行　人民文学出版社
社　　址　北京市朝内大街 166 号
邮政编码　100705
网　　址　http://www.rw-cn.com

印　　刷　北京季蜂印刷有限公司
经　　销　全国新华书店等

字　　数　153 千字
开　　本　890 毫米×1290 毫米　1/32
印　　张　7.125　插页 3
印　　数　1—6000
版　　次　2014 年 12 月北京第 1 版
印　　次　2014 年 12 月第 1 次印刷

书　　号　978-7-02-010646-2
定　　价　29.00 元

如有印装质量问题,请与本社图书销售中心调换。电话:01065233595

出版说明

评选并出版“21 世纪年度最佳外国小说”，是一项新创的国际文学作品评选活动和出版活动。在世界文学格局中，由中国文学研究机构和文学出版机构为外国当代作家作品评奖、颁奖，并将一年一度进行下去，这是一个首创。

“21 世纪年度最佳外国小说”评选活动由人民文学出版社和中国外国文学学会及各语种文学研究会（学会）联合举办，人民文学出版社主办。评选委员会由分评选委员会和总评选委员会构成。各语种文学研究会（学会）遴选专家，组成分评选委员会，负责语种对象国作品的初评工作；再由人民文学出版社、中国外国文学学会及上述各语种文学研究会（学会）委派专家组成总评委会，负责终评工作。每一年度入选作品不得超过八部。入选作品的作者将获得总评委会颁发的证书，作品由人民文学出版社组成丛书出版，丛书名即为：“21 世纪年度最佳外国小说”。

总评委会认为，入选“21 世纪年度最佳外国小说”的作品应当是：世界各国每一年度首次出版的长篇小说，具有深厚的社会、历史、文化内涵，有益于人类的进步，能够体现突出的艺术特色和独特的美学追求，并在一定范围内已经产生较大的影响。

总评委会希望这项活动能够产生这样的意义，即：以中国学者的文学立场和美学视角，对当代外国小说作品进行评价和选择，体现世界文学研究中中国学者的态度，并以科学、谨严和积极进取的精神推进优秀外国小说的译介出版工作，为中外文化交流做出贡献。

自2002年第一届评选揭晓到2013年，“21世纪年度最佳外国小说”评选活动已成功举办12届，共有22个国家的74部优秀作品获奖，其中，2006年度、2003年度法国获奖作家勒克莱齐奥和莫迪亚诺先后荣获2008年、2014年诺贝尔文学奖，足见这一奖项的权威性和前瞻性，也使“21世纪年度最佳外国小说”成为一个名副其实的重要文学奖项。

自2008年开始，这套书不再以外文原版书出版时间标示年度，而改为以评选时间标示年度。

自2014年起，韬奋基金会参与本评选活动，在“21世纪年度最佳外国小说”评选基础上，设立“邹韬奋年度外国小说奖”，每年奖励一部作品。

我们感谢韬奋基金会的鼎力支持。我们相信，“21世纪年度最佳外国小说”的评选及其出版将结出更加丰硕的成果。

人民文学出版社

“21世纪年度最佳外国小说”评选委员会

“21 世纪年度最佳外国小说”评选委员会

总评选委员会

主　任

聂震宁　陈众议

委　员

（以姓氏笔画为序）

叶廷芳　刘文飞　刘海平　陈众议

陆建德　吴岳添　肖丽媛　高　兴

盛　力　聂震宁　程朝翔　管士光

秘书长

欧阳韬

英语文学评选委员会

主　任

程朝翔

委　员

（以姓氏笔画为序）

王守仁　黄　梅　韩加明　韩敏中　程朝翔

《回家》是一部细腻的多层面的小说，刻画了一位丰满的人物，他穿梭于现今与以往、新家与老家之间，以漫不经心的谈话风格讲述了一个既感人又复杂的故事。小说探讨了家庭、责任、爱等基本的人类价值，揭示了生活的痛苦和希望。优雅的诗一般的散文描写了强烈的情感和炽热的激情。

“21 世纪年度最佳外国小说”评选委员会

Going Home Again is an exquisite multilayered novel, with a fully drawn character navigating through present and past, and new homeland and old homeland, narrating a touching and complex story in casual conversational style. It is about basic human values such as family, responsibility and love. It reveals the pain as well as hope of life. Intense emotion and strong passion are depicted with an elegant poetic prose.

Screening Committee of the Annual
Best Foreign Novels, 21st Century

致中国读者

二十世纪五十年代中期，我的父母从西德移民加拿大，在这个新的国家生活十年之后，父亲钉了个大木头箱子，把准备托运回慕尼黑的东西装在里面。他们跟加拿大拜拜了，他们想回家。

我不知道在这件事上是什么令他们改变了主意，是什么紧急情况或意外发现阻止了他们回家的旅程，反正，我最终是在北美而不是欧洲长大的，那个大木箱子从托运箱变成了杂货箱，变成了堆满杂物的潮湿地下室里另一个装东西的器皿。

然而对我来说，那个木头箱子却时时提醒我：我差点儿就会在德国长大——成为另外一个人。我跟那个欧洲的自我失之交臂，这使我好奇地想知道，如果我们回到欧洲，我会有哪些基本成分（如果有的话）保持不变。同样令我心绪不安的是，另一种可选择的生活为我打开了无数的可能性。它把我从直接经验中带出来，迫使我揣摩我在周围看到的各种“如果”剧情。我试着让自己穿上别人的鞋子，想象用他们的眼光看到的世界是什么样子。即使到了二十来岁，过着家和大学两点一线生活的时候，我也还会碰到地下室的那个旧木箱，那时它已经布满灰尘，散发着樟脑丸的气味，于是，我年少时代萦绕脑海的各种可能的生活，就会从暗处走出来，说：看见吗，看见吗，你差点儿就成了另外一个人！

我生命中的那段时间，总在考虑那个板条箱子会带来的各种可能性，它可以看作是我最终成为一位小说家的初级训练。它使我的想象力得到了很好的锻炼，使我变得谦卑，为我打开了一扇门，如今我在写作生活中每天都走进那扇门，寻找可以揭示“我们究竟是谁”的某些基本真谛的故事。

我倾向于相信我们的内在有一部分是不会改变的，不管木头箱子把我们带到哪里，我也愿意认为，这就是我在你们手中捧读的这本书里所追寻的。查理·贝罗斯，《回家》中的叙述者和主人公，在西班牙生活近二十年后回到加拿大，离开了女儿和那个他曾爱过的女人。他独自待在一个不再属于他的国家里，一方面在处理当下的各种麻烦事——父女关系、恋情受挫、家庭破裂，另一方面还遭遇了一段埋藏已久的往事的真相。他在追寻怎样成为一个好父亲、好丈夫、好兄弟、好叔叔，这个过程推动了他在以失落和背叛为特征的世界里继续前行。然而，冲突最能暴露性格，我们通过查理遭受的这些挑战加深了对他的了解。最后，他可能没有找到自己需要的答案。也许他找到了。但是在学会提出这些问题的过程中，他已大大接近了那个可能藏于我们每个人内心的不变的、弥足珍贵的真谛。

看到小说被翻译成中文出版，我感到十分荣幸。我真诚地希望读者能在书里发现一些共鸣的东西。

丹尼斯·博克

2014年10月于加拿大，多伦多

初　爱

前行，继续前行，面对事故或罪案，我们被指引着这样做。

——约翰·班维尔*

---

* 约翰·班维尔，爱尔兰小说家、编剧，作品曾获布克奖。本句出自他的小说《远古的光》（2012）。

引　子

实际上，在卡杰·阿道夫森遇害前的那个星期五傍晚，我觉得一切都很顺利。我刚在马德里降落，回到家中，太阳又大又圆，那颜色就像橙色的果冻，在夏末晴好的天空里已经沉落了四分之三。我刚经历了复杂的一年，有点遍体鳞伤、意气消沉的感觉，但情况开始有所改善了。语言学院的工作开展顺利，爱情生活也正从一个深不见底的黑洞里慢慢爬出来，后天我还要给女儿庆祝十三岁生日。那个时刻我的烦恼就像那西沉的太阳一样，注定会消失殆尽。我坐在出租车的后座上，看着窗外闪过的城市风景，突然接到了嫂子打来的电话，她带来的那个消息使一切都朝错误的方向滑去。

“你后来一直没有他的音讯吗？”我说话间探身向前，指了指仪表盘上的收音机。出租司机伸手调低音量时，我看见他右手的食指断了，只剩一点残根。

“所以我才给你打电话，”莫妮卡说，“我以为他可能会跟你联系。”

“没有。没有联系。我刚到，没有收到短信。”

我哥哥和莫妮卡正为离婚的事闹得不可开交，争吵不断，痛苦不堪。在过去一年里，他们经常向我诉苦，都希望对方压根儿没有出生过。而此刻莫妮卡却打电话告诉我，纳特的帆船在距佛罗里达州的那不勒斯以南三十英里的海面漂浮，船上空无一人。

“海岸巡逻队三个小时前跟我联系的。真不知道该怎么想。那条破船曾是他的心肝宝贝。”

“现在也是。”我说，口气可能重了一点。

“他两天前就该回来了，查理。昨天他应该来把孩子接去的。当然啦，他没露面。现在他们打电话跟我说他的帆船在海上漂着，问我是否知道丈夫的下落，他办公室的同事也没有他的消息。谁都不知道。你可以想象这事把我脑子弄得有多乱。”

我尽量劝解莫妮卡，说纳特多半不会有事，我们只需耐心等待，他很快就会来电话的。不管怎样，三天后的星期一我就要回去了。可是把手机放回口袋后，我开始怀疑纳特已经在飞越大西洋的途中，准备来解决我们之间悬而未决的问题。当时我已知道，他的能量远远超出我的理解，这种夸张的姿态——周末突然出现在马德里，参加我女儿十三岁生日派对——是一个家庭濒临破碎的男人喜闻乐见的自虐性戏剧场面。在车子驶入城区的路上，我把所有可能的解释都分析了一遍。半小时后，当出租车司机把我放在 Mesón Txistu① 门口时，我心里那份担忧仍挥之不去。

走进餐厅，只见一些男男女女三五成群地聚在吧台前，啜着开胃酒。我朝调酒师点点头，顺着楼梯走进后面的雅间，看见伊莎贝尔和我们的女儿艾娃坐在桌旁，桌子上方的南墙上挂着牛头，两人面前放着一罐冰水。艾娃留着齐肩发，颜色是

① “Mesón Txistu”，马德里著名餐厅，是皇家马德里俱乐部的御用餐馆，也是皇马队员最喜爱的一家烤肉店。

栗褐色的，跟她妈妈一样，虽然我是北方人的肤色，但艾娃看上去却是百分之百的西班牙人。她转过头，看见远在房间这头的我，立刻站起身，绕过那些桌子过来迎接我，一头扑进了我的怀里。我抱着她转了个圈，又把她紧紧搂了一下。

"飞机顺利吗，爸爸？爱尔兰怎么样？"

"很好。"我说，一边放下了肩上的背包。我把两个手提袋中较轻的那个递给她，里面装满了礼物，"你的气色真棒。妈妈怎么样？她好吗？"

"她挺好的。"艾娃说，然后抓着我的手向伊莎贝尔坐的地方走去，伊莎贝尔脸上带着我无法界定的笑容。

"很高兴见到你。"说着，我俯身亲吻她的两边面颊。

她那天晚上穿的裙子我没见过。是一条绿色和白色的夏装，露出她迷人的胳膊，在室外活动一个夏季之后，它们被晒得黧黑，曲线柔美。我们已经分居一年多，她生活中另有男人的事实早已不是新闻。何塞是我们家的一位老朋友，我刚来马德里就认识了他，从他那里我获悉了那个男人的许多情况，比我需要了解的还多——比如，他是西班牙最高法院的一名宪法律师，年仅四十二岁，是该法院历史上最年轻的律师。他在伊维萨岛①有一座别墅，在巴黎还有一套公寓，我上个圣诞节曾去造访过。据我所知，他没有孩子，过着不堪重负的家长们梦寐以求的那种生活。

侍者来了，引导我入座，递给我们三本皮面菜单。伊莎贝尔坐在我对面，艾娃在我右边。

"你感觉还好吧？"伊莎贝尔说，"看上去有心事呢。"

"回来很高兴，"我对她说，"没什么问题。"

---

① 伊维萨岛位于地中海西部，是西班牙巴利阿里群岛的一部分。

我们一家三口在一起时通常说西班牙语。但不知什么原因,那天晚上说的是英语。

“你知道的,爸爸总是一副疲倦的样子,”艾娃一边打开菜单,一边说道,“这都怪他心事太重了。对吗,爸爸?”

“你又来了,”我说,“真是一针见血。”

“但愿我的生日派对上不要有人死翘翘。”艾娃说,“今年夏天法国已经热死了四十一个人。你相信吗?”

“太可怕了。”我说。

“我知道大多都是老人。今天早晨新闻里说了。”

“山里至少凉快一些。”我说。

在过去十年里,我们都是在马德里山区一个朋友家给艾娃过生日,那里在马德里城北,驱车三十五分钟。我那天早晨刚从多伦多飞抵都柏林,然后一整天都在贝罗斯学院——我开办和经营的一所语言学院——处理事务,紧接着便赶飞机到马德里来聚会。自从去年夏天关系破裂后,我和她妈妈做到了尽量不找律师。如今,每当发现我们俩共处一室(这种情况并不常见),都努力让自己的声音不带任何情绪。在较为平静的情况下,我们商量后一致认为,对女儿的教育成功与否,直接取决于我们愿意把多少冲突和分歧抛到一边。人生苦短。有些仗没必要打。这难道不是你能提出或接受的最好建议吗？这不是解决事端或决定谁对谁错的问题,而是努力保持尊严,继续前行。

“外公会整天在你耳边唠叨他的那些花花草草。他迷上了这个新玩意儿。还从巴西订了番木瓜种子什么的。”

“你呢?”我探身去亲吻她的额头,“你怎么样？你肯定有什么好东西等着我呢。”

“哦,是啊。”艾娃说,褐色的大眼睛闪闪发亮。

艾娃动不动就喜欢炫耀谜语、绕口令和脑筋急转弯什么的。我考虑，她是故意把脑子放在一些有答案的难题上，而不去琢磨生活中那些无解的谜团，比如爸爸妈妈的婚姻所呈现的令人头疼的局面。

“这个你们至少得花一个周末才能解出来。”

“准备好了。”我说，为了表示夸张，用双手抓住两个桌角。

“好吧，听我说，”她说，看看她妈妈，又看看我，“cat 和 comma 有什么区别？”

我和伊莎贝尔交换着目光。两人都做出一本正经的表情，让女儿看到我们真的是在思索。

“想不出来。”伊莎贝尔说。

“我能看出许多区别，”我说，“但是都不够巧妙。”

“等等。是 cat 和 coma 吗？”伊莎贝尔问。

艾娃假装用一支笔戳了下空气：“comma！ comma！”

“这可费脑筋了。”我说。

“我就喜欢这样。”她说。

“幸好我们有一个周末可以慢慢琢磨。”

我话一出口，一丝忧虑吞噬了艾娃脸上好看的笑容。她开始用嘴唇摩擦她的牙套。看得出来，牙套还是不舒服，但她一般不怎么抱怨这一类事情。

“但是我们可能活不过这个周末了。”艾娃说，“这可怎么办？整个欧洲都在死人。光法国就死了五十个！”

“你刚才还说四十一个。”我对她说。

“那是昨天啊。现在有五十了。”

“真惨。”她妈妈说。

“你最好别放弃。”艾娃说，“妈妈总是说你太容易放弃。

什么事都是。”

伊莎贝尔的面颊红了。

可以肯定，这是我们的女儿经常听到的一句评论，但我没往心里去。侍者在招呼旁边那张桌子，此刻透过半月形的眼镜片审视着我们。艾娃从桌子中央的雕花玻璃小碗里拿了一袋糖，撕开了把糖倒进她的玻璃杯，用勺子开始搅拌。她又把嘴唇贴在牙套上嘬了嘬，然后一脸严肃地说：“cat 的 paws 前面有 claws……”她放下勺子，脸上绽开微笑，“comma 是一个 clause 结尾处的 pause！”①她周围的空气都洋溢着喜悦。

“真有意思。”我说，“桂冠属于你。”

她是我们家里的谜语大王，确实非常聪明——西班牙语，英语，还有法语——虽然那个脑筋急转弯是从某个网站上扒下来的。她说将来要当作家，成为下一个西蒙娜·德·波伏瓦②、格洛丽亚·斯泰纳姆③和纳奥米·沃尔夫④的合体。看样子（据她妈妈说）她已经在谈论那些她感兴趣的大学了。列在名单首位的是布宜诺斯艾利斯的一所大学，原因不明。我不明白其中有什么根据，但是知道女儿因熟练掌握三种语

---

① 即：“猫的脚掌前面有爪子，逗号是一个分句结尾处的暂停。”

② 西蒙娜·德·波伏瓦（1908—1986），法国作家、知识分子、存在主义哲学家、政治活动家、女权主义者、社会理论家，二十世纪七十年代女权运动的重要理论家和创始人，著作有小说、议论文、传记等。著名小说有《女客》《名士风流》，哲学散文《第二性》是现代女权主义的奠基之作。她和存在主义哲学家萨特是非传统的伴侣关系。

③ 格洛丽亚·斯泰纳姆（1934— ），美国当代著名女权主义者，发表大量文章阐述自己的理论。她把婚姻称作“一种法西斯专政”“一个奴隶制庄园”，认为女人不再是自己，而只是“半个人”。

④ 纳奥米·沃尔夫（1962— ），美国作家和前政治顾问。因一九九一年出版的畅销书《美丽神话》而成为女权运动的第三次浪潮的代言人，二〇〇七年出版畅销书《美国的终结》。

言而前途会更光明一些,便觉得心中很是安慰。

她母亲是西班牙人,英语说得也棒——确实很棒——但是要理解那样微妙的语言学奥秘,需要说母语者那样的精通熟练才行。我问艾娃是不是要给她妈妈翻译一下。

“我倒是愿意,但我想你们俩肯定有许多话要说。”她说。她知道这是故作轻松地把这一年的生活一笔带过。她把手伸进挂在椅背上的小包,掏出一本随身携带的大部头小说,翻到用一根绿丝带做记号的地方,大概是书的一半的样子,倾下身子开始阅读。

艾娃是我们家里茁壮成长的小学究。我一向知道她是个聪明的孩子。但我也完全明白,在我们这样的情形下,一部那样的小说既能给她带来阅读的快感,同时又是一面盾牌,用来抵挡大人们之间愚蠢的胡闹和数不清的争吵。当时她痴迷的是黑暗奇幻小说,如果我没有理解错,这种小说通常包括某一类都市狼人、一个患强迫症但富有同情心的杀人狂,或一个吸血鬼,被渴望爱的人性弄得左右为难。我相信在过去一年里,自从我离开马德里之后,她就把我和她妈妈都看成跟她读的那些书里的角色一样软弱而又血腥。我从没问过艾娃,那些小说一般是怎么收场的,是大团圆结局,还是以大屠杀告终,也没问过在血腥和浪漫两种结尾中,她更喜欢哪一种。但我知道她对我们还没有放弃希望,而我也因此心怀歉疚,夜不能寐。

一晃十三年了,我仍然清楚地记得艾娃出生前的那几个星期:如波浪般起伏的焦虑和兴奋;伊莎贝尔走路时用右手按着大得惊人的腹部;她没完没了地洗澡,浴缸周围放着蓝色的蜡烛。夜里,她肚子里那个神秘的小家伙抵住了我迎候的手掌,就好像她已完全有了意识,正在期待那一天的到来。当我终于第一次把我们的女儿抱在怀里时,我觉得她似乎一直是我整个生命的一部分。那感觉太强烈了,我发现自己被感动得热泪盈眶。

艾娃就要十三岁了,这个事实对我的冲击或许比对她本人更大。那天夜里,我感到自己像是步入了一幅已经完成的画作,只要过完这个周末就能洞悉这幅画的含义。艾娃很兴奋,这是不用说的——她将是那个收礼物、吹蜡烛的人。我二十年来重新沦为单身汉的第一年即将结束,此时就像变魔法一样,时间打了一个响指,我便发现自己置身于一种我从未认真留意的生活当中。旧的自我已埋葬在无法弥补的过去,世界还在继续,突然之间,我那襁褓中的女儿已是一个花季少女。

"你哥哥怎么样了?"伊莎贝尔问。

我瞟了一眼艾娃,看她是否在专心读书。"还是那样难搞,"我说,"其实就是个讨厌鬼。"

"他不会还是老样子吧?"她说。

"比那更糟。"

艾娃像那些老电影里的间谍一样,夸张地放下书,盯着我俩看了一会儿,又埋头去读她的小说了。

第一章

就在前一年，二〇〇五年的夏天，我给纳特打了电话，说我要回多伦多开始过一个单身汉的新生活，当时我没有理由认为我和哥哥之间的关系会有什么变化。许多年来我一直在琢磨着要去大洋彼岸创业，却都因为数不清的原因而未能付诸实施。后来，那个名叫帕布鲁的最高法院律师浮出水面，再加上我在维多利亚皇后酒店困了两个月，感到心神不安，特别想做点实事。我的生活需要有些变化。新的规划，新的人，新的节奏。我期待着某种东西，但具体是什么，却又并不明了。创建我的第五所语言学院是一个挑战，这个项目可以暂时牵扯我的精力，也许就此关闭了脑海里那个恐慌的声音，不再听它一刻不停地唠叨一些我不想听到的话。

我想，在最后一次见到哥哥之后的这些年里，我心里是否一直沉睡着某种未予理会的希望的苗头。但当时打出那个电话着实不容易。我们之间始终存在一些根本的困惑，存在一堵墙，实际上我们永远无法猜想对方如何看待和思考这个世界，这就经常导致我们之间的关系摇摆不定。上次我和他在马德里相见时就发生了这样的事。后来我们通过六七个电话——他的生日或我的生日，父母亲的忌日——我总是很高兴得知他一切都好，同时也庆幸我们天各一方，生活完全不同,两人的矛盾可能会一直深藏到我们生命的最后。

伊莎贝尔和纳特只见过一次,那是一九九二年夏天,正值巴塞罗那奥运会和塞尔维亚世界博览会召开,纳特甩掉了与他同游法国的那个姑娘,途经马德里回国。一天夜里,他突然出现在我们家,说要去塞尔维亚看看那里的小妞儿们,然后回北边去想办法弄几张加泰罗尼亚①帆船比赛的票。我们让他在沙发上住了一星期。带他转了转我的第二故乡,领他去了世界上历史最悠久的酒店,打肿脸充胖子地花了一大笔钱。我们在附近挤满了酒吧和俱乐部的街区闲逛。他似乎对什么都不感兴趣。实际上,他发现所有的事情都令他不耐烦。马德里太热、太脏、太吵。他抱怨和挖苦火车时刻表不准,酒店条件恶劣,街上和旅馆里几乎听不见人说英语。我得到的印象是,他在西班牙看见的一切都使他觉得自己高人一等,当然啦,他嘴上没有这么说。在我们家的最后一晚,他醉得糊里糊涂,说想出去找几个妓女。起初以为只是开开玩笑,我没当回事。可是他一再坚持。后来竟伸出一条胳膊搂住伊莎贝尔的脖子,问她能不能发发慈悲,松开拴在我裤腰带上的绳子,小伙子们偶尔也需要出去找点儿乐子。这时候我忍不住了,把他带出去喝酒,虽然他并不需要,我叫他到别处去找沙发睡觉。我知道他在找妓女方面有过一些经验,这倒也无所谓,因为彼此彼此。我无法忍受的是他似乎把伊莎贝尔看成我生活中的某种障碍。整个那一星期都在为那一刻的爆发积累情绪。他一直在不停地搞出一些令人难堪的言行,挑战我的极限。在吧台前,我指责他是一个自私自利的无赖,他对我挥起了老拳。我不像他醉得那么厉害,只是闪到一边,回到公寓,

① 加泰罗尼亚,位于伊比利亚半岛东北部,是西班牙的一个自治区。

带伊莎贝尔出去吃晚饭。几个小时后我们回到家里，他的背包已经不见了。厨房和浴室的水龙头都开到最大，我们的床上被泼了一大罐水。后来大约三四年我都没有再跟他说话。

因此，我现在承认，当他提出到机场接我时，我感到十分意外。会有什么变化呢，我问自己。飞机起飞几个小时后，我断定其中肯定出了误会，猜想他不会露面。在行李提取处，我注视着一个空婴儿推车孤零零地转了三圈，心里掂量着我目前的处境。口袋里有一些欧元硬币，在这里根本派不上用场，一部手机，里面有三十七个快速拨号的马德里号码，钱包里还有写在一张旧便笺纸上的唯一一个本地地址。那一刻我感到很不安，觉得自己就像一个大学生站在漫漫旅程的第一站，疲倦，沮丧，没有做好充分的准备，内心充满矛盾。突然，在自动门打开的一瞬间，我看见了我哥哥——就站在中央大厅里。我差点没认出他来，不是因为他变了——他没有变——我是因为看见他在那里而感到无比惊愕。

他右手拿着一份报纸，身上穿着牛仔裤和一件绿色高尔夫球衫。我看见了他本来应该面露微笑——惊讶于他竟然真的来接我——接着我怀疑他大概知道了我是婚姻即将破裂，狼狈回到老家的。难道在分开十三年之后，他还要来提醒我，在我们之间无形的竞争中他总是占据上风吗？我振作起精神，提起行李继续朝自动门走去。他看见了我，朝我挥手，两人拥抱时我闻到了我们小时候父亲洒的那种古龙香水。我不知道香水的名字，但那香味像昔日的全家福照片一样，使我惊讶地睁大了眼睛。

“长大了的小弟弟，”他说，“欢迎回家。”

“见到你真好，纳特。”我说。

我比哥哥高两个指头,十四岁追上他以后就一直比他高。我们拥抱之后松开对方,他把手放在我的肩上——与臀部平齐的栏杆仍然将我们隔开——点点头,露出微笑,似乎观察到了某种令人愉快的东西。他的头发浓密黝黑,剪得短短的,抹了发胶或是发乳,使他显得比实际岁数年轻。纳特跟我记忆中的样子相差不多。他像我们的父亲,是个有型有款的男人,肩膀宽阔结实,天生就有运动员的矫捷灵敏,这使他在整个高中时代以及后来获益匪浅。我不敢想象我的相貌这些年有了多大改变。本以为哥哥肯定也已露出老态,挺起了将军肚,头发像父亲一样开始变得稀疏。然而,根本没有这样的迹象。岁月好像把纳特给放过了。他的脸看着仍然很年轻,没有一丝皱纹,乌黑的头发还是那样浓密,脸上依然带着那种灿烂的、似乎不怀好意的微笑,这笑容在我们小时候就经常给他带来好处。

那天,我们之间没有出现尴尬的沉默。他开车送我进城——一辆宽敞的白色凯迪拉克,我们享受着舒适的空调,高高在上,能看见旁边车道驾驶员的膝盖——他三四次提到他的孩子,说他们多么优秀,平常玩些什么,还说他最喜欢的就是在后院里给他们烤热狗和汉堡包。我只说生活中好的一面,告诉他艾娃是个喜欢运动、讨人喜爱的孩子,这会儿快满十二岁了,酷爱读书,在学校里功课很棒,在语言方面特别有天赋。"你能相信吗?我们居然都是当爸爸的人了,"他说,"真是难以置信。"

几分钟后,他指着远处一个高高的写字楼,六十层的高楼,金色的窗户,玻璃幕墙在午后的阳光下闪闪烁烁。他是楼里一家大型律师事务所的合伙人,专攻体育和娱乐。客户名单里有一大批高尔夫、棒球和曲棍球运动员。其中唯一引起我注意的名字是一位年轻的女网球选手，大概因为我一直比较关注那项运动，因为它使我想起当年那些夏天的傍晚，我对着高中的南墙打网球的情景。骑自行车、打网球和游泳一直是我关注的项目，都是独自一人的运动，没有彪形大汉的同伴，这在当时使他对我产生了某种怀疑。

“听起来你很喜欢自己的工作，”我说，“如今可没有多少人能说这个话了。”

“说实在的，我可没说生活美满无缺。家里的事有点麻烦。”

“哦？”

他告诉我，莫妮卡——他两个儿子的母亲——四月的一天晚上跟三个女伴在城里消磨一夜之后，把结婚戒指扔进多伦多港口，三天后就搬了出去。如今她跟个瑞典老男人住在一起，那人拥有一个名为“仙境”的商业中心，据他说是多功能的、兼营娱乐体育的综合体，给喜欢冒险的现代孩子提供高端大气的一站式的生日服务。此人九十年代初从斯堪的纳维亚过来，锲而不舍地在全国各地建立了这样的连锁经营。

“她就是在那儿认识那家伙的。我们孩子的十岁生日派对。很精彩，是不是？”

“我为你感到难过。”我说。

从那以后，纳特和莫妮卡就两个孩子的问题达成了一个协议。其他事情仍悬而未决。严格地说，纳特每隔一个星期就要把孩子接过来，可是他现在经常在外面跑，很难履行这一约定。他告诉我这些的口吻既不是发牢骚，也不是怨天尤人，至少在那第一个下午不是。要说有什么的话，他倒是显得若有所思——没想到我会用这个词来形容我的哥哥。但他开车送我进城的那天确实是那样。他似乎变得低调谦逊了。这也符合逻辑。经历了那样的事情，不可能没有变化。

听完他的故事后，我也跟他说了说我自己的重大挫折。两个故事相似得令人沮丧。

他赞同地点点头。“是啊，”他说，“说得一点不错。砰，砰，砰。我们街上的半数婚姻都完蛋了。这是一种该死的流行病。也许在那些天主教国家不是这样，但在这里……”他又摇摇头，随即露出微笑。

“怎么了？”

“你知道那些小冰箱贴吗？就是上面写字的那种？一些给你提供正能量的智慧小感言或谚语格言什么的。”

“当然，我知道。”

“我们的冰箱上永远贴着那么一个。以前我没多想，以为只是一句玩笑话。经常让我哈哈一笑。”

“那上面怎么说的？”

“‘男人就像地板。只要一开始铺平整了，以后就成年累月供你践踏。’”他露出一个大大的、真挚的笑容。

“这话有什么可争议的？”我说。

“但这就是莫妮卡的基本理念。典型的被动型攻击那套玩意儿，如今女人们都玩得挺溜。也许在西班牙有所不同，谁知道呢？但在这里，如果某个男人在冰箱上贴一个关于女人的色情笑话，不用说，他准是个讨厌女人的猥琐男。你待久了自己就明白了。”

纳特住在城市东端，在古老的多伦多当监狱往北两个街区，位于一个宽阔、幽深的河谷边缘，是个漂亮的地方。那天下午，他领我参观他的房子时，告诉我《房屋与家》与《建筑辑要》上都报道过这房子。他传递这个信息时尽量不流露出炫耀的样子，但实际上就是在炫耀。他把我的注意力引向咖啡桌上的一本大画册，名叫《安大略省的农家小木屋》，翻到其中一张图片，说那是他最近刚买的一座度假别墅，在城市北边驱车约两个小时，我对他说，看样子他过得不错。

确实如此。他领我走进房间，里面的墙上挂着色彩艳丽的图画，硬木地板上铺着精致的地毯。整个房子给人的感觉是温馨舒适，富有创意，价格不菲。他似乎把自己打造成了一个成功人士。然而，我并不打算让他这样理解这句话，即使这是实情。我只想说他让自己的生活走上了积极的道路，至少看起来如此，所有的细节都说明了这点。虽然有他提到的家庭矛盾，但我哥哥确实变成了一个居家好男人，至少是某一种居家好男人。这样的蛛丝马迹随处可见：一根高尔夫球杆，一副棒球手套，一本快要被翻烂了的最新一册《哈利·波特》，餐桌上散落着扑克牌，咖啡桌上还留着玩了一半的大富翁游戏，就在那本"小木屋"画册旁边。不知是谁把一个滑板留在了客厅的地板中央，我们走进厨房时，纳特不是骂骂咧咧地从它上面跨过，而是果断地用脚一踩滑板尾部，板子就听话地跳到了他手里，然后他笑微微地把滑板夹在胳膊下。三十五年前他可能会在我们家车道上玩这个把戏。正是在这个时候，我第一次开始怀疑哥哥是不是真的变了。难道我以前对他的评判太草率了？这么多年过去，我对他的印象难道是错的？

两只猫从一个沙发底下钻了出来，一只黑，一只白，又消失在铺了地毯的楼梯上。纳特把滑板靠在墙上，轮子仍在无声地转动，他从冰箱里抓了两瓶喜力啤酒。我们来到后院。头顶的天空令人心醉，似乎永远不会改变。无边无际的蔚蓝，只有一道逐渐变宽和模糊的飞机尾迹，把天宇分割成均匀的两半。"为你接风洗尘。"他举起酒瓶，说道。花园尽头一棵老枫树的树杈上的小树屋,沐浴在下午的阳光下。树屋漆成令人愉快的地中海蓝色,反射出耀眼而温暖的光芒,房子周边的漂流木和雪松树好像都往里倾斜,似乎知道某种竞争可能即将显露端倪,它们都在侧耳倾听。

“这里现在就是你的家了。想住多久都行。我说真的。我们在楼上收拾出了一个房间。”

我说非常感谢他的好意,我非常看重,但我已经在城里的旅馆订了房间。

他摇摇头,一再坚持。“在这里可不兴这样,”他说,“你是我们的客人。绝对不行,绝对不行。你不能走。孩子们盼着这一天呢。他们都听说了查理叔叔的事。你不能就这样突然消失。他们一直都在谈论——”他说到这里突然笑了,示意了一下我的身后。我转过去,看见了他的两个儿子,提多和奎因,脸上带着大大的笑容。他们都戴着棒球帽,穿着长长的色彩绚丽的短裤。“老大和老二。”纳特说。

提多那年夏天十岁,比艾娃小两岁,但已经一样高了。他的头齐到我的下巴。我跟两个男孩握了握手。那天下午他们都表现得像十足的小绅士。

“欢迎来到加拿大,”提多说,“非常高兴见到你。”他一头浓密的褐色鬈发,看上去很像我在他这个年龄的时候。瘦瘦高高,笨拙难看,正是男孩豆芽菜一般蹿个子的当口,肌肉和协调性似乎都不知去向。奎因比他小两岁,浅黄色头发,像一件崭新的运动衫一样清新可喜。

两个男孩的眼睛都是褐色的,跟他们的爸爸、艾娃和我们的父亲一样。他们皮肤晒得黝黑,显得很健康,活力勃发,刚刚结束在多伦多群岛的为期两星期的独木舟夏令营。他们告诉我在那里做了什么运动,玩了什么游戏,我掏出几张他们堂姐的照片，告诉他们艾娃也喜欢游泳和踢足球，希望有一天他们能聚一聚。

“她为什么住在那里呢？”奎因说。

“因为她是那里的人呀，傻瓜，”提多说，“她是西班牙人。”

“可是查理叔叔不是西班牙人呀。”奎因说。

“我是这里的人，跟你们的爸爸一样。我离开了很长时间。现在，呼的一下，我又回来了。”

提多似乎认为这是个令人满意的解释，他突然没来由地开始向我展示那个星期他在空手道课上学的东西。对着空气挥舞着小胳膊，做了几个转身和踢腿，最后是一个水平砍劈。

奎因看着我，翻了翻眼珠。“好啦，忍者小子。”他说。

纳特悄悄溜进屋，又拿了两罐啤酒回来，还有一袋给孩子们吃的奥利奥。“如果这还不算特别的日子，”他把饼干扔给提多，说道，“什么样的日子才算呢？”

我取消了在万豪酒店订的房间，跟纳特和他的两个儿子一起住了一星期，直到我租的房子可以入住。最初几天一切都很顺利。

白天我们做各种运动，在周围闲逛，纳特七点之后回家，也到后院来找我们，手里拿着两瓶喜力，往烤肉架上扔几块牛排或几个汉堡，再拌上一个沙拉。

我们一般都会在后院待到很晚，喝酒、聊天、回忆往事，孩子们听我们讲故事。暮色渐渐变得柔和，最后天光彻底消失，透过树丛隐约传来周围一些人家的音乐声和说话声，给我们的回忆提供一个丰富多彩的背景。提多和奎因听得厌倦了，就溜到楼上的起居室去打开电视。我们俩一直在外面待到深夜,互相交流,谈论我们的生活和情感,以及孩子们对我们的重要性,这么多年来我第一次感到能和哥哥一起畅谈我们看重的东西,而不是纠缠于一团乱麻。

最让我感到意外的,是我竟然开始喜欢我的哥哥了。他变成了一个令人愉快的人。上次给我留下的那个不良印象——在马德里一家酒吧外的人行道上朝我挥以老拳——开始逐渐淡去。如果光和影正好合适,在后院滑门上方的门廊灯光映衬下,我会依稀看见我们父亲的侧脸轮廓。我怀疑我对他的估计一直是错误的。我们谈到他的初恋,谈到帆船,谈到他两个儿子的足球和曲棍球技术,还谈到我和他都需要保证我们的孩子不受家长离婚的烦恼的影响。一天晚上,我给他看了我给艾娃拍的所有照片。他微笑着点点头,似乎对每张照片都给了足够的注意。“总有一天她会让男人们伤心的。”他说。

“至少我就会伤心。那是肯定的。”

到了第三或第四天,两个孩子带我去附近的一个公共游泳池,步行只要几分钟。天气已经热得令人难受,我觉得需要一点运动和阳光。纳特走后——他那天早晨开车去了底特律——我们便换上游泳衣,走了过去。到游泳池要经过一座灰色的煤渣砖大楼,楼门前的桌子旁有个十几岁的少年给我们办理手续,递给我们十二岁以下儿童必须佩戴的色彩编码腕带。我们走过男子更衣室,从一道铺着地砖的滑溜溜的走廊穿过大楼,来到另一侧用围栏围起的游泳池。岸上和水里挤满了深红色、浅红色和黑色的肉体,都在哗啦啦地扑腾或躺着晒太阳。我们找到一块空的水泥地,扔下毛巾就钻进了泳池。

过了几分钟,我游到池边,注视着峡谷对面那座遥远的、玻璃高塔构成的城市，它在上午的阳光下充分展示着辉煌。我离开的这么多年，有时会在电视屏幕或杂志上看见这座城市。一次，我在马德里一家旅行社订购去布拉格的机票，在一个小册子的封面上看见了它。它代表着那个我曾渴望逃离的地方，那个我曾失去的地方，作为一个苦苦寻找自我，同时又迫切想宣称自己不容忽视的城市，它有着独特的魅力和小小的虚张声势。对于我来说，阴差阳错和残忍的命运使它成了我的家乡，因为我和纳特是在父母车祸去世后才来这里跟我们的叔叔一起生活的。我上了高中，等候时机，盼着再长大一些就远走高飞。我庆幸在马德里的这么多年我很少想到多伦多。可是偶尔想起，一段记忆或情感便会浮出水面，在我心中逗留一个小时或整整一天，直到我的常规生活再次占据上风。

接近中午的时候，一个穿员工制服的男人走近泳池边，指着那群游泳的人。他看上去跟我差不多大，也许略长几岁。右手拿着一个扩音器垂在身体一侧。脖子上挂着一个银哨子和一串钥匙。他旁边站着一个女人，牵着一个约莫九岁或十岁的女孩。女人大约四十来岁，戴着蛤蟆墨镜，穿着橘黄色的连衣裙。她指着浅水区的中央。这个区域的水花和动静渐渐停止，游泳的人们从提多周围散开。男人示意提多过去，提多从水里站起身，朝男人走去。我把身子浸入水中，游向对岸。

“这儿出什么事了？”我说。

提多耸耸肩，双手平贴在水泥地面上。“不知道。”他说。

“你是这男孩的父亲吗？”男人问。

我解释说是他的叔叔，又问是怎么回事。

“请你们俩都离开游泳池，跟我来一趟。”他说。

我从泳池里出来时，女人似乎是为了保护女儿，把一只手搭在女孩肩上，跟男人一起往前走，我和提多、奎因跟在后面，我右胳膊搂着提多的肩膀，一起走向一个面朝泳池的玻璃办公室。

“你确定是这个男孩？”男人在一张大桌子对面站定，问那个女人，女人点了点头。我看见奎因站在外面，从玻璃门的另一边朝我们张望，我冲他眨了眨眼睛，他微微一笑，大幅度地耸耸肩膀，表示疑问。在他身后的泳池里，刚才他哥哥周围空出的那圈水域又挤满了游泳者。

女孩穿着绿色的两件式泳装，戴着一串细细的银项链。浅黄色的长发湿漉漉的，打着密密的卷儿贴在脑袋上，密密麻麻的鸡皮疙瘩布满了她的腿和胳膊。女孩站在她妈妈身边，在那个狭小的房间里，尽量跟我和提多离得远远的。

“也许只是个意外吧？”男人说，在我听来语气里存有侥幸，目光慢慢地在我和那女人之间移动，“你认为这可能吗？现在游泳池里很挤。你看看外面。这种事情是有可能的。”

“对不起，”我说，“请问，到底是怎么回事？”

“女孩告诉她妈妈，这个男孩——你的侄子——碰了她的身体。碰得非常直接。还专门提到了她身体的某个部位。而且这件事发生了不止一次。”

“两次。”女人说。

我看着提多，提多没有抬起眼睛跟我对视。“你知道他在说什么吗？”我说。

“不知道。”提多说。

“你能理解他们说的事情吗？”我把一只手放在他肩膀上，看见他的上唇有一丝颤动。

“我没做过那样的事。”他说。

“你确定没有做过？”

“我没有那样碰过什么人。我和奎因在玩。我们只是在游泳。我根本就没注意到她。”

“你能确定，是吗？”我说，“你说的都是事实吗？”

“是的，”说着，他抬头看着我，“都是事实。”

“好了，伙计。到外面跟弟弟一起玩去吧。”

片刻之后，他站到外面的池子边，肩膀开始因哭泣而抖动。

“你真该为自己感到害臊，”我转向那个女人说，“看看你对那个可怜的孩子做了什么。”

“在这种情形下，你这完全是无知的说法。”她说。她是她那漂亮女儿的一个难看的翻版，那张食肉动物的小嘴变得又薄又尖刻。

“他在拥挤的游泳池里碰到了你的女儿。池子里有一百号人呢。”

“我在保护我的女儿。”她说，“这是我的职责。我是她母亲。”

“天知道，有你这样一位好母亲，也难怪她心里充满恐惧。”

女人的脸已经因恼怒而扭曲，此刻看上去完全变了形。“我要求把这个男人和那两个男孩从这里赶出去。”她转向管理员，说道。

“我只能请你离开了，先生。非常抱歉。”

“你难道没有想过，这男孩说的可能是事实吗？”我说，“你难道没有想过，这女人在这里占上风只有一个原因，就是她先开始嚷嚷的？难道这儿就是这个规矩？谁嗓门大谁得好处？”

“这是个很难处理的局面，”男人说，“希望你能体谅我的处境。”

“我认为你的处境跟这事没什么关系。”我说。

“应该把那个男孩登记在案,”女人说,“应该查清他的身份,把他登记在案。公园和娱乐场所应该了解他那种人的底细。谁知道他已经这样欺负了多少女孩!”

“他才十岁!”

“那才更可怕。”女人暴怒地说,好像自己的论断得到了证实。

“可怕的是你们这样的人毁掉了一个特别单纯的下午。”

“拜托,这个下午根本就不单纯。”

“如果真的发生什么坏事,会怎么样呢?”我说,“你根本就没法识别。你女儿也同样,因为她被你弄得扭曲了。”

“你是在威胁我们吗?”女人说,把女儿紧紧拉在身边。

“哦,看在上帝的份上,”我说,“你简直是——”

男人从桌子后面走出来,欢快地吹响了口哨。

“算了,”我说,“不用麻烦。我们这就走了。”

我出来时把门重重甩上。我们拾起自己的毛巾和拖鞋,朝出口处走去。

“出什么事了?”奎因说,“他做了什么?”

“没什么。”我说,“有些人就是白痴。”

我们似乎走了很长很长时间。走廊里充斥着人们的说话声,和储物柜的门“吱呀”打开和“砰砰”关上的声音。终于,我们从大楼这边出来了,经过那个派发腕带的少年,来到了外面灿烂的阳光下。

我不知道此事是否非常严重,值得展开一次更为正式的谈话,还是索性撇到一边不再理会。提多哭了一会儿,但我们一离开那儿,他似乎就没事了。我和艾娃有一天下午在马德里的丽池公园也遭遇过类似的事。这个下午我们往回走的时候，我又想起了当时的情景。那是春天一个阳光明媚的日子，我和艾娃在一条小路上漫步，前面有个男人躺在草地上，一只手藏在厚厚的大衣下面。没等艾娃注意到什么，我就引着她向后转去——她当时大约七岁。什么事也没发生。我们继续散步，找到一家露天咖啡馆，点了榛子奶昔。但是后来很长时间，我都在怀疑自己的做法是否正确——临阵转移，而不是让那个男人感到羞愧，或者向警察局告发他。

那天夜里，我们坐在院子里谈论棒球赛季，我没有把游泳池那个女人的事告诉纳特。我们谈论那天在底特律的科美利坚公园的棒球大乱斗，当鲁内尔维斯·赫尔南德斯用一颗正中目标的球截住卡罗斯·纪廉时，纳特就坐在本垒的后面。那是一个很厉害的快球，他说，毫无疑问是一次蓄意的进攻。我们喝了啤酒，还煞有介事地弄了两支雪茄王。他像老人回忆美好往事一般讲述整个故事，坐在那里用手指捻着雪茄，在凉鞋的鞋底上弹去烟灰。蟋蟀在黑暗中叫得很欢。孩子们在楼上看一部片子，我恍然又回到了小时候的那些夏日夜晚，似乎我们所在的这个地区跟我们白天知道的不同，已不再跟这个世界有任何联系，或联系很少，仿佛黑夜是一把刀子，切开了世界，让我们看到另一个完全不同的次元。

早晨，莫妮卡过来接两个孩子。我正在厨房里吃一碗麦片粥，一边翻看房地产代理商寄来的材料。我已经开始为新的语言学院寻找地方了。纳特坐在厨房的桌子旁看报纸。门铃响起的时候，我看见他脸上浮现出一种无奈而不快的神情。他慢慢合上报纸，起身开门让莫妮卡进来。

一个女性的声音说道："如果你不反对的话，我想见见他。"我听出她声音里有一丝紧张和不耐烦。

接下来是令人焦虑的沉默，之后是有人清嗓子的声音，鞋底在抛光的地板上转动的声音。楼上，响起一连串急促而沉重的“啪啪”声，似乎一个男孩在上面的过道里练起了滑板。

莫妮卡是个外形像运动员的女人，金黄色的头发，宽肩膀，跟我哥哥高中时追的那些女生完全是一个路数。纳特上楼去催促两个孩子了，我和莫妮卡在楼梯旁的过道里握了握手。她戴着棒球帽，穿着褪色的牛仔裤、一件红衬衫和凉鞋。我知道她在一档名为《体育动物》的真人体育直播节目中担任制片，自从搬过去跟那个瑞典商人一起生活之后，就开始参加了马拉松训练。

“两个孩子一直在谈论你。”她说，令人愉悦的大嘴绽开一个茱莉亚·罗伯茨般的笑容。

“都是很棒的孩子。很高兴终于见到他们了。”

很容易就能看出小儿子遗传了她的黑眼睛。我不知道还有什么话可说。面前这个女人用刀子戳了我哥哥的心。此时此刻，我对我哥哥感同身受，深深地同情他。我们都抓了一手烂牌，现在别无他法，只能咬紧牙关，继续前进。我听见哥哥在楼上用疲惫不堪的低沉嗓音叫提多和奎因做好准备，跟妈妈离开。

“我想对你说声谢谢。”莫妮卡说。我们已经进了厨房，站在透过玻璃门洒进来的阳光里。

“为什么?”我说。

“因为游泳馆的那件事。提多打电话告诉我了。”

“那女人就是个疯子。不用往心里去。”

“提多说你给他撑腰了。这对我来说太重要了。”

“别客气。我当时为提多感到非常难过。”

孩子们跟着莫妮卡离开后，纳特意味深长地盯着我看了很久:"你对这事儿怎么看?"

"够倒霉的。"我说。

"这还用你说。六个月前,我们还商量着要去玛雅海滨度假呢。感觉这简直像个令人恶心的玩笑。有时我真想拿一把叉子扎进她的眼睛。"

对于他们俩之间发生的事,我有一半都不知道,但已经准备跟纳特站在一边,而且也愿意这么做。我只知道莫妮卡移情别恋,这对我来说就够了。短短两三天,她就从一张床挪到了另一张床。虽然我对哥哥身上的弱点心知肚明,但眼前的这个事实足以赦免他所有的罪过。听着他喋喋不休地列数对莫妮卡的种种不满以及他遭受的不公待遇,我没有向他提及两个孩子似乎很高兴被移交到妈妈手里。当他们终于背着塞满了书本和衣服的小背包下楼来时,我看着他们缠磨在莫妮卡身边的样子,心里某个地方响起一个希望的音符。他们跟莫妮卡在一起会很开心的。这也使我开始揣测我和艾娃的情形。既然两个男孩这时候愿意跟他们的妈妈一起回家,那么我的女儿,如果逼她一下,是不是也会这样呢?在数不清的场合下,她肯定愿意跟妈妈在一起——实际上已经是这样——而不愿跟一个糟老头子一起到处乱逛。我没有刻意让哥哥关注情感忠不忠的问题。他已经像我一样意识到这点,就没有必要哪壶不开提哪壶了。他所需要的就是发泄,把莫妮卡定为十恶不赦。这么做是他的权利。一个男人在遭受这么大的创伤之后,宣泄一下怒气有什么不对呢?在这样的时刻,我尽到了一个做弟弟的职责。闭嘴保持沉默,耐心倾听,频频点头,完全同意他的看法:莫妮卡是个人渣,没有教养,需要懂得一点基本的礼貌和尊重。

那天下午,我在脑海里反复思索纳特的处境。我意识到,我们俩所爱的人都能力超强,远不是我们所能掌控的。这个教训值得我们深思——每个人内心都有几个互相冲突的世界,这些世界时刻准备着在最糟糕的时候冒出来跟我们作对。我自己的生活,我哥哥的生活,都足以证明这一点。伤他如此之深的那个女人,在跟我交谈时却显得很有教养——一个体面人,摧毁了我哥哥的家庭,但又能无比诚挚地感谢我为她的儿子撑腰——因而,突然间变得伤痕累累、饱受羞辱的纳特,很可能是世界上唯一对莫妮卡感到如此愤怒和怨恨的人,对此我们没有理由感到惊讶。

九月的第三个周末,我们带两个男孩去参加多伦多一年一度的图书节。我已经搬进了租来的房子里,一座很不错的半独立式房屋,有三个卧室,算是在物质上安顿下来了。办公地点签了五年的租期,目前正在装修。空气里有一股清新的秋意,天空清澈蔚蓝,一望无际。是个难得的好日子。我感受到了新学年开始时的那种乐观情绪,似乎一切都有可能,内心充盈着期待、憧憬和美好的愿望。

图书节是在安大略皇家博物馆和粉色花岗岩的省议会大楼之间的公园里举办的。在闲云飘浮的辽阔蓝天下,我们悠闲地在那些书摊和书亭间游荡,随意翻看图书和杂志。这既是狂欢节,又是乡村博览会和展销会,像钉在明媚的秋日蓝天下的一只花蝴蝶标本。

我没有告诉提多,我看见他在家里反复阅读某位作家的小说,那作家今天会过来给读者签名。按计划作家要在下午三点钟做一个演讲。具体什么内容我也不知道,但海报上称之为"签名活动",我希望提多会感到高兴。那一套三本的系列图书就装在我的背包里,此刻,离活动开始还有二十分钟,我们在一棵大枫树下的野餐桌上吃了几个热狗。我注视着来来往往的人群，享受着这单纯的一刻和照在我脸上的温暖阳光，突然，我在人群中看见了我大学时代与之恋爱和同居的那个女人。她叫霍丽·格雷，是我的初恋。

没错，显然就是她。我对此确信无疑，虽然我们之间隔着穿梭的人群，而且她略微背对着我。我想我能认出她来多半是因为她的体重没增也没减，发型也是老样子，只是比我记忆中的短了一点。一下子，我被带到了另一个时间和空间。转瞬之后又回到了现实。

她穿着一条灰色长裙和一件浅蓝色的衬衫，脖子上挂着一条绕了三四圈的皮绳项链。看上去优雅美丽，气质不凡。实际上比二十三岁的时候更有韵味了。我看见她随意地做着手势，那动作是我记忆中所熟悉的，当她微微偏过头来时，我瞥见了她嘴角的笑容。

她和一位年轻男子站在土耳其烤肉的队伍里，跟我离得很近，如果我愿意，可以大声跟她打招呼。霍丽看上去——怎么说呢——很高兴？很活泼？在这个世界上过得很好？此时此刻，我深深地凝望着那些不可挽回的过去，猜测着自己在其中扮演的角色。我只能看见霍丽的后背、胳膊和双手，它们都在优雅地动个不停，似乎她正在给那个与她站在一起的男人绘声绘色地讲一个故事。我记得霍丽的这副样子。她一向都很活泼。有一次，她用一个指甲把自己的小臂挠得那么厉害——为了阐述某个我已不记得的观点——竟然都挠出了血。此刻我又看见了她，感觉谈不上嫉妒或懊悔，但一股强烈的怀旧情绪却在心里扎下了根。这异样的心动让我感到惊愕，似乎混合了迷惑、惊奇和心旌荡漾。

音乐声响起时，她转过身来。我刚才没有注意到四下里一片寂静，但此刻身后什么地方突然传出的重金属鼓声一下子响彻公园，似乎太阳又洒下了一道新的光亮，让整个世界显得愉快而灿烂。乐队是非洲或加勒比的阵容，一共六七个人同时演出，穿着黄色、白色和橘色的袍子，弯曲的膝盖相碰，肩膀相触，有节奏地随意摇摆。这时，我才第一次清楚地看见了霍丽的脸，我心里一颤，刹那间以为她也看见了我。那个年轻男人约莫三十出头，长相英俊，右臂托着一堆书抱在胸前。他们走上前，开始点餐，买完后就顺着人头攒动的街道走去，消失在了人群中。她走了。可是这个我曾以为再也不会相见的女人，却在我的生活中低吟浅唱地再次确定了她的存在。我伸长脖子，透过挤挤挨挨的人群望去。她是否看见了我，我今后是否还会再见到她，也许一年有那么一次，当谈到错失的爱或蹉跎的岁月时，她的脑海里是否会浮现我的身影……这些其实都无关紧要。真正重要的是，我得以偷窥了一眼自己年轻时候的心。

现在我们正在穿过绿地，与旧爱不期而遇带给我的异样的悸动逐渐平息。两个男孩被展销会的高昂情绪感染，双双吊在我的胳膊上，假装在玩摔跤。头顶上的树叶在蓝天的衬托下轻柔地摇晃着。我把奎因扛在肩膀上，让他坐了会儿直升机，然后放他下来，看着他晕晕乎乎、踉踉跄跄地打转儿。

我们找到了活动地点，是个白色的大帐篷，已经聚集了一百多个孩子和家长。刚才和霍丽·格雷一起说话的那个男人正站在讲台旁边，跟坐在第一排折叠椅上的某个人交谈。终于，人群逐渐安顿下来，他们轻轻地移动，清清嗓子，霍丽从前排站起身，走到麦克风前。她面带微笑，等待观众安静下来，这时候，我感到一种奇异而隐约的希望，似乎我们有可能再次回到从前，再次拥有我们共同度过的那些美好时光。

霍丽是我们带来签名的那些书的编辑，她带着我所熟悉的自信大声宣布，书的作者具有傲人的才华，她为能与之合作而感到十分骄傲。短短几句开场白之后，她开始介绍那位作家，随即作家朗读了书中的几页内容，二十分钟后，他邀请大家到签名桌前，有一些小读者已在那里排队等候了。这时太阳移到了公园西边那些大楼的围墙后面。时间已经过了四点，我站在一边，想着和霍丽一起度过的那段生活，想着令人陶醉的时光总是稍纵即逝，突然，听见有人在叫我的名字。

"查理·贝罗斯？哦，天哪。查理！真不敢相信！"

"哟，哎呀。"我说，"你怎么在这里？"

我曾在想象中多次设想我们不期而遇时，会进行怎样的对话。在那些想象中，她仍是我愿意记取的那副模样——温暖，快活，亲切热情。不用说，我在那些想象中从不允许她有丝毫的改变。昔日的恋人永远保留着所有那些青春气质，而实际上它们早已从你的生活中消失。她永远都会随时出现，拥有各种可能性，方方面面都跟我们第一天见面时一样年轻。我经常设想在这样的情形下我会说什么、做什么；我还设想，她是否仍然爱着我，或至少爱着记忆中的我，如同我仍然爱着她一样，二三十岁时遭遇的所有那些危机和平庸是否把我们塑造成了相同的人。在过去的二十年间，我经常感觉到记忆的重新洗牌，以及伴随这种感觉而来的空气中的微小变化，我提醒自己，我受那种怀旧情绪的折磨并非不同寻常——我已这般年纪，身为父亲和丈夫，回首往事感到惊讶也是合乎情理的。随后空气又变得清晰，那种怀旧情绪匆匆而来又匆匆离去，关于初恋的那些想法再一次消退，隐入昏暗的记忆深处。

当时，在那个九月的下午，我们彼此拥抱，带着一种——一种谨慎的热情？毫无疑问这拥抱是短暂的、不自然的，似乎我们俩都认为再拖延一秒就会勾起某种熟悉但难以接受的亲密感,我们最好留在表面,留在当下。

“这真是——哦,天哪,”她说,“真是太奇妙了。”

“见到你真高兴。你怎么样?”

“哇。”她点点头微笑着说,“多么令人意外啊。”

这些又惊又喜的感叹来来回回交流了一会儿,然后我告诉她是陪谁一起来的——好像还指了指正在排队的两个孩子——说我的大侄子读过她刚才介绍的那位作家的每部作品,并且都很喜欢。

我领她到我哥哥和他的两个孩子那儿,给他们做了介绍,然后我们在那儿逗留,我觉得我们俩都因为某种希望而脸色绯红,拼命聊一些无关痛痒的话题,让周围的气氛活跃起来,不去触碰真正存在于我们之间的东西,在我看来这东西简直跟初恋时那份永恒的奥秘一样神圣,令人紧张。谢天谢地,纳特帮了大忙。他轻松自如,既有礼貌,又有魅力,一般碰到漂亮女人他都是这样。霍丽告诉他,上世纪八十年代我们在蒙特利尔和西柏林曾经同居,他微笑着点了点头,说还记得她,但我不记得跟纳特提到过霍丽,而且我知道他们俩从没见过面。

那位作家在提多的书上签了名——这件事却不像我希望的那样让提多感到兴奋和激动——后来,我们五个人拎着书,一起朝停车场走去,纳特和两个孩子走在前面,霍丽和我跟在后面。邂逅相遇的最初惊讶过去之后,霍丽显得自信和松弛,走起路来脚步轻盈,相比之下,我拖沓的步态就好像故意磨蹭。霍丽跟我谈了她过去十年效力的那家大型出版社,说她出差过于频繁,但自从我们分手后她从欧洲回来不久去公司实习的第一天起,她就爱上了图书贸易的工作。

“你呢？”她说，“在办语言学院？听起来很不错呀。一共办了五所？”

“准确地说，是四所半。”

我已经告诉她，我这么多年之后为什么回到这座城市，还说了即将开办的学院的情况。然后，我从钱夹里取出我女儿的一张照片递给她。

“真漂亮！绝对是个美人儿。她藏在哪儿呢？今天来了吗？”

我告诉她，艾娃和她母亲在马德里，这件事说来话长。

“那肯定很不容易，”她把照片还给我，说道，“跟女儿离得这么远。”

“原来没想到这么不容易。”我为自己的坦诚感到意外。

显然，短短几分钟后，霍丽身上的什么东西就把提多吸引住了，我不知道霍丽能否像我看透侄子一样，轻易地读懂我的心思。提多徘徊在我们周围，偷听我们说话。我注意到他偏过脑袋，想听清我们谈话的内容。也许提多只是好奇他的叔叔竟然碰到一位老朋友，对方似乎具有某种强大的魅力。这也可能是因为我这位老朋友是个漂亮女人。我不能肯定。但是我看到提多的目光直接地、毫不掩饰地盯着霍丽，里面蕴含着性的渴望。我不知道他是否感觉到我和霍丽之间存在着某种类似于他母亲和其新男友之间的那种东西，那个男人占据了他母亲生活中新近由他父亲腾出的那个位置。

我们走过一排白色的小亭子，里面放满了书，挤满了人，突然，霍丽指着前面，一边招手一边说道：“他们在那儿呢！”

得知她已成家我感到很惊讶——至今也不知这份惊讶从何而来。说来荒唐，我竟然没有问及她这一点，她也没有主动说起，现在我能够理解了，我们之间某种隐隐相通的东西似乎希望推迟揭露她已成家这一事实,哪怕只推迟几分钟也好。然而,她的儿子已经向我们走来了,一个高高瘦瘦、长相英俊,名叫卢克的毛头小伙子,背着双肩包,上面绑着一个长滑板。"喂,伙计们,我找到她了。"他喊道,一个非常漂亮的姑娘出现在他身边。

"真不容易。"姑娘说。

这是莱丽。她跟纳特握手,又跟我握手,然后转向她母亲:"你刚才去哪儿了?"

莱丽长得太像她母亲了,我发现我目不转睛地盯着她。长长的褐色秀发,淡淡的雀斑,天生丽质,未经雕琢的自然美,我不得不强迫自己把目光从她身上挪开,生怕她和我感到尴尬。站在霍丽的孩子们身边,我看出我们俩确实都老了。和青春勃勃的孩子们站在一起,我清楚地看到他们最美好的年华仍在前面向他们招手,而我们的好日子或许正在疾速地消失在远方,速度快得我们自己都不愿承认。当时这是一个令人惊愕的想法——现在完全不值一提——但我清楚地记得我的那份惊讶,得知我的前女友竟然拥有一对这么妙龄、这么独立、这么可爱的儿女!其实我自己也有一个比莱丽只小三岁的女儿,但这一事实似乎并不能减轻这个领悟给我带来的冲击。提多和奎因在跟卢克谈论他的长滑板,他妹妹笑容可掬,留在大人旁边听我们说话。当时我还不知道卢克和莱丽是孪生兄妹,都是十五岁。卢克比妹妹高,看上去至少要大一岁。

"知道你爸爸在哪儿吗?"霍丽问她女儿,接着,好像得到了暗示一样,一个男人抱着两袋书从人群中出现了。

"格列,看我发现了谁,"霍丽说,"查理·贝罗斯。我跟你说过查理的,记得吗?这是纳特,查理的哥哥。"

男人把袋子放在草地上,用左臂搂住女儿的肩膀。他模样帅气，个头跟我一般高，有一双睿智的黑眼睛，长长的鬓角，下巴中间有个小酒窝，我认为这些足以说明他是一位时髦的现任丈夫和父亲。三个男孩已经跟我们隔了四五个亭子，正在和一位画家说话，画家是个穿军装的年轻人，坐在桌子后面，周围都是画作，画的是色彩鲜艳的超级英雄和反派人物。我们赶上他们时，我看到了画家埋头画了一半的那幅插图，画面中央是一张疯狂尖叫的嘴，里面伸出一根开叉的舌头。他没有抬头，也没有停住画笔，只偶尔抬眼看看男孩，回答他们的问题。他身后的铁架子上展示着几十幅大大小小的图画，大多是面目狰狞的恶人。每一幅画都充满暴力。

“卢克的卧室墙上已经一点地方都不剩了，”当我提出要买一幅画送给卢克时，霍丽说道，“全都贴满了那些美女歌星。不过还是谢谢你。”

我们再次拥抱，在她丈夫的注视下，也就互相拍拍后背，很快就分开了。我意识到他拿不准我是什么来头。不用说，怀疑会在他内心某个角落扎下根。他和我哥哥握手，然后纳特就退出了这个小圈子，我握住他的手，动作像真诚而心怀善意的企业家一样坚定有力。我知道，如果我处在他的位置，也会觉得不舒服的。我没有让自己的目光离开他的眼睛。“你的家人都很漂亮，”我说，“你真是个幸运的男人。”当时我以为不会再见到他们中间的任何一个了。

第二章

二十年过去了，许多事情都从记忆中消失。往事如烟云一般逐渐飘移、淡化，最终彻底消隐。你见过的地方，你认识的人，你认为会改变你一生的那些意外发现。它们都去了哪儿？然而对于学生时代的那些往事，我仍然记忆犹新——窗外看到的风景，一位老朋友匆匆搬走，秋天的阳光洒落在桌上一本摊开的书的洁白纸页上。与霍丽的再次相见使那个世界再次清晰地出现在我眼前。我在蒙特利尔与她初次见面的那个周末，如同就是昨天一样。

当时我是去看望高中时的密友，一个名叫迈尔斯·埃斯勒的男孩。他非常聪明，瘦巴巴的，有一双充满信任的黑眼睛，一头浓密的褐色鬈发。他比我早一年毕业，对几乎每件事情都有自己的看法。在我看来，他的看法大多数时候都是正确的——不管他那天的想象力指向何方。他说起甲壳虫乐队来，就好像亲临过《Let It Be》①录制现场，解释起汽油来，就好像真的能让你的车轮转动。学校的功课对他来说太简单了。

---

① 甲壳虫乐队(The Beatles)，一支成立于一九六〇年的英国利物浦摇滚乐队，乐队在流行音乐史的商业和艺术方面都取得了巨大成功，是二十世纪六十年代的文化标志之一。《Let It Be》是甲壳虫乐队于一九六九年发行的专辑。

他的作业全都优秀，微积分成绩卓越，让他的老师们（我只能想象）相信捞到了一个天才神童。

学校快放假时，我们搭有轨电车来到安大略湖畔，坐在龟裂的水泥人行道上，抽大麻烟卷，谈论着离开该死的多伦多，这里冬天寒冷而乏味，夏天闷热又潮湿。迈尔斯左耳朵上戴着一颗小钻石，当然，是假的。那些体育生们从不惹他，因为他不构成直接的威胁，而且我们通常都独来独往。我总是绞尽脑汁想一些能把他难倒的问题。到底什么是全息摄影？闪电究竟是怎么发生的？我认识的其他人都答不出这一类问题。可是，年仅十五六岁的迈尔斯，能把这些奇异现象的原理解释得头头是道，并在纸上草草写下一些我看不懂的公式。美国一所名校给他提供全额奖学金，让他去学化学，可是他拒绝了。他从小就没有父亲，他说绝不会像老爸当年那样抛弃妈妈。他愿意去的最远的地方就是邻省。他解释说，不管有没有斯坦福的资助，他五年之内都会在某个大型实验室里挣大钱。

迈尔斯和霍丽在蒙特利尔的公共汽车站接我。那是一个清冽的、阳光明媚的秋日下午，那天的许多事对我来说都是第一次。我从没去过那座城市，而且，走下公共汽车时见到的那个女人的漂亮程度，也是我有生以来从未见过的。我不知道她是谁，跟谁在一起，或是在等谁。我绝对没想到她是和迈尔斯一起来的，而她正在等待的那个人就是我。

我看见迈尔斯时，他正鹤立鸡群地在人堆里冲我招手。我拎着背包，推开人群往前走，心里还在纳闷他身边的姑娘是谁，并从青春期男生的角度想出了几句评论，准备待会儿走到没人的地方说给他听。想想吧，每天早晨在那尤物身边醒来是什么滋味，诸如此类的话。我真是什么都不知道啊。我和迈尔斯像我们印象中的老校友那样握手,带着比正常情况下更多的力度和雄性荷尔蒙,但在这种场合下绝对是正当表现,我微笑着看了姑娘一眼,迈尔斯突然拍了一下我的后背,说道:“我想让你见见霍丽。”他用胳膊搂住霍丽的腰,把她揽到自己身边,那副得意劲儿是我从未见过的。

“很高兴认识你。”我说。

霍丽探过身来亲了亲我的面颊。我从未被人这样亲过。那是人们在巴黎做的事。

“你跟我想象中的不一样哎。”霍丽说,把一绺散发塞到耳朵后面。头发是从马尾辫里散落出来的,“迈尔斯没完没了地谈到你。”

迈尔斯才走了五个星期,已经有个女朋友跟他没完没了地说话了。这肯定可以载入校园大事记了。也许这里的事情发展都是这么神速?也许像麦吉尔①这样的大学就是这个范儿?当时我调查的那些学校都有自己独特的出名之处。有的校服打扮与众不同,有的校园派对搞得有声有色,有的注重学术,有的在营养早餐和勃肯鞋上下功夫。还听说有几所学校之所以出名,是因为有数不清的美女穿着紧身牛仔裤,浅笑妍妍地在校园里闲逛。我听说蒙特利尔美女如云。只是眼前这位美得太离谱了。

她白皙的肤色使脸上的雀斑更加明显,深褐色的眼睛——大大的,充满活力——闪着点点金色。

“希望没说坏话。”

---

① 麦吉尔大学,坐落在加拿大魁北克省蒙特利尔市中心,于一八二一年建立,是一所蜚声全球的世界顶尖研究型大学,其研究水平享誉世界,被称为“北方哈佛”。

“你不想知道吗！”她笑吟吟地说。

我注意到她翻领上的那些徽章。“看来我们喜欢同样的乐队。”我说。

她军大衣的左襟上挤挤挨挨地别着一些乐队徽章和两面小旗子，一面英国旗，一面德国旗。看这架势是在向“后朋克音乐”致敬。水孩子，发电厂，史密斯——都是我们当年听过的八十年代中期的那类玩意儿。除了那件军大衣，她看上去根本不属于那个风格。扎在脑后的头发，使她显得格外清秀，有学院风。但我喜欢她的音乐品位，因为，怎么说呢，跟我自己的有共鸣。

那天，当得知他们的居住形式时，我是什么感觉呢？我想即使不是赤裸裸的嫉妒，也是羡慕有加。我最好的朋友，我的哥们儿，已经跟一个美女同居，享受随之而来的尽情尽兴的性生活，而我只能在想象中意淫。从严格意义上说，霍丽在学校里跟一个名叫乔吉亚的百慕大女孩同住一个宿舍，偶尔也会在那儿露露面，一星期一次或两次。但这并不能减轻我面对朋友的艳福时的惊叹。他的女朋友竟然愿意，而且能够，七天里有五天跟他同床共枕，这简直太让我诧异了。我实在无法相信。迈尔斯真是世界上最幸运的十八岁男生。不用说，我们曾没完没了地谈论这类事情——姑娘和女人——然而他这么短时间内取得这样的进展，简直堪称奇迹。完全可以拍着胸脯吹大牛了。但迈尔斯并没有这么做。我们在安排这趟旅行时通过两三次电话，他甚至都没提到霍丽。他因此而显得更加成熟。就好像他眼下所处的位置——胳膊上挎着一个美女的大学新生，是他一直以来的常态，只是我没有注意到而已。

彼此介绍完之后，我们穿过市中心，朝我朋友的公寓走去。人行道和露天咖啡厅都挤满了人。天空清澈、明亮，十月的空气令人心旷神怡。商店的玻璃橱窗里暗影移动。满眼所见都是美女。我对即将到来的周末感到兴奋，对性充满渴望，预感到我的生活就要发生某种变化。我不知道迈尔斯和这个新认识的女孩是已经相爱，还是他交了狗屎运，碰到一个单纯寻找性伴侣的女孩，对方不为别的，就为喜好这一口。他的好运气让我耿耿于怀。既然命运这么神速地眷顾于他，肯定也会在那个周末给我提供某个类似的机会。似乎迈尔斯早就知道，在我们以前过的那种生活的另一边，有某种东西在等待着他，似乎我们以前所做的那些白日梦，都只是我们眼前那个更大、更有趣的游戏的前奏。看来他是对的。有霍丽这个光彩照人的女性的存在，还有他们已然同居这一事实，我发现迈尔斯一直都是对的。

在蒙特利尔的第一天，我尽量不让自己傻瞪着人家，可是却怎么也忍不住，眼睛总是一次次地往霍丽那儿瞟。霍丽笑容可掬，鼻梁和高颧骨上的淡淡雀斑，使她看上去如同仲夏日一般健美而令人愉快。她走路时马尾辫优雅地轻轻摇晃，跟我想象中的芭蕾舞女演员一模一样。

他们住的房子在一处学生聚居区的中心，是一座三层的平顶别墅式房屋，用烟草色的砖头砌成，显得毫无生气。迈尔斯说每到周末的时候，整条街经常就像是一个大派对。

“听着很带劲儿。”我说。

“是啊，你就等着瞧吧。”

我注意到许多自行车拴在房子外面，有的拴在大门口承租人的信箱旁边。公寓本身比较逼仄、低矮，还隐约能闻到别人剩饭剩菜的味道。下午的光线从窗户洒落进来，把墙壁和隔开厨房客厅的竹帘镀成了一种美丽的橙黄色。从体积上讲，唯一能让我想起迈尔斯以前那个家的，是他的书桌。书桌放在门的左边，门外是俯瞰下面黄金街的小阳台。我记得曾在他的卧室里见过这种桌子，知道底层左边的抽屉里藏着他的《好色客》和《阁楼》。他不再需要依靠这些杂志了，而我还需要。我看见这张书桌时首先想到的就是，在对女人的了解方面，他已经领先我十万八千里了。

"欢迎来到阁楼。"迈尔斯说。

我已经注意到了他说的那首诗，埃兹拉·庞德①的一首名为《阁楼》的十几行小诗，用潦草的笔迹写在一张牛皮纸上，贴在墙上的平克·弗洛伊德②的海报旁边。我想象那是霍丽的笔迹。

那天下午，我们很早就开始喝酒了。迈尔斯从藏在冰箱的一个罐子里取出一支大麻烟卷，我们一边抽着，一边听他存放在墙角几个牛奶箱里的唱片。我们听了嗡嗡鸡乐团、新秩序乐团、果酱乐队，然后做了一大锅意大利面条，坐在沙发上吃了起来。那个沙发是让我这个周末睡的。迈尔斯提出要去泡吧，我对他们说我没有办假身份证。迈尔斯用叉子卷起一团意面："别担心，我的朋友，这是蒙特利尔。"

我们大胆地从一个闹市区走向另一个闹市区，经过圣罗兰路那些古色古香的小酒馆，和令人眼花缭乱的新酒吧，城市

---

① 埃兹拉·庞德(1885—1972)，美国著名诗人，意象派的代表人物。他和艾略特同为后期象征主义诗歌的领军人物。他从中国古典诗歌、日本俳句中生发出"诗歌意象"的理论，为东西方诗歌的互相借鉴做出了卓越贡献。

② 平克·弗洛伊德，英国摇滚乐队，最初以迷幻与太空摇滚音乐赢得知名度，而后逐渐发展为前卫摇滚音乐。平克·弗洛伊德以哲学的歌词、音速实验、创新的专辑封面艺术与精致的现场表演闻名。

的灯光照在我们脸上，照在我们的皮夹克上。在我的记忆中，我看见一个如今几乎无法辨认的少年——一个高高、瘦瘦的男孩，显然尚未成年，人生才刚刚开始，内心充满了紧张的期待。那天夜里，所有的看门人和警卫都根本不在乎我看上去那么稚嫩，只是挥挥手让我们进去，似乎我们已经去过那儿一百次了。每扇门都通向一个美女如云的世界。当然啦，那天夜里我们去过的那些街道、酒吧和俱乐部，我通通都叫不上名字，但是我第二年搬来蒙特利尔之后，很快便对它们了如指掌。我也记不清那天夜里我们在一家俱乐部看到的那支乐队叫什么了。我曾有一两次在广播里听过他们演奏一首朗朗上口的歌曲，讲的是郊区生活。最令我记忆犹新的，是目睹迈尔斯和他的新女友在小舞台旁边翩翩起舞，频频接吻，我记得自己当时感到很高兴，因为我最好的朋友得到了他所能渴望的一切。

回到公寓，我们吃完了剩下的意面，还想继续饮酒作乐，可是再也喝不下了，五分钟后，我就在沙发上醉得不省人事。我不知道自己睡了几分钟还是几个小时，醒来时，听见公寓的地板上传来脚步声。我恍惚不知身在何处。脑袋里突突地疼，因为整夜泡在喧闹的酒吧和音乐里，耳朵嗡嗡作响。一时间，我忘记了自己是在哪里，然后一切重又变得清晰起来——我是在蒙特利尔，躺在迈尔斯的沙发上——我预感到将会发生一点什么事。这希望令我自己感到惊讶。我希望是霍丽站在薄薄的竹帘那边，她不愿意再回到卧室，跟我最好的朋友同床共枕。我希望她挨着我躺在沙发上。我想象着她温暖的双腿贴在我身上，想象她双唇的滋味，想象她的手伸向我下体的感觉。我紧紧闭着眼睛，满心希望此刻向我走来的人是她，而她在我认清自己之前就对我的一切心知肚明。

“你睡着了？”迈尔斯说。

“是啊。”

他在地板上坐下，后背倚着沙发：“好了，醒醒吧。”

我没理他。

“我太兴奋了，睡不着。脑袋像着了火似的……”

然后，他几分钟没有说话，我开始以为他靠在沙发上睡着了。我睁开眼睛，看见窗外闪着微光。

他扭过头来看着我：“你上星期跟一个乖乖女走在一起。几天前我跟安妮通过电话。她说她看见你了。”

迈尔斯来蒙特利尔之前，我每天早晨上学都要去找迈尔斯。他的母亲——迈尔斯有时直接叫她的名字安妮——经常端着一个蓝色咖啡杯，拿着一支香烟过来应门。她是一家电器配件商店的文秘。迈尔斯对父亲的记忆模糊，只记得自己还在襁褓中时父亲就离开了。在星期天的早晨，我经常看见他们家的车道上停着一辆不同的汽车，有时还看见一个男人——很少两次看见同一个男人——在那里逗留，从窗户里看着街道，似乎期待某个人闯进他的生活，使事情变得复杂。

“一个乖乖女？”我说。

“是啊，乖乖女。”

“那肯定是桑德拉。”

“桑德拉·维京兹？那个排球队的？”

“是啊。”我说，仍然半梦半醒。

“那妞儿的两条腿很正点。”

我们又谈了一会儿桑德拉，谈她的两条美腿，还谈学校里的其他人，男生和女生，然后迈尔斯终于踉踉跄跄地上床去了——我不知道那是过了多久之后——我拼命让自己去想桑德拉的腿。可是，我满脑子全是霍丽睡在隔壁，睡在我最好的朋友身边的画面，满脑子想着一觉醒来，发现身边躺着一个佳人是什么感觉，那佳人就像霍丽在初次见面第一天给我的印象那样完美。

早晨，我发现迈尔斯在厨房的桌子上留了一张纸条，告诉我们那天下午什么时候、在什么地方跟他碰头。他要和生物班的其他同学一起搞一个分组研究项目。他前一天晚上提到的，可是我忘了，直到这会儿才想起来。

我和霍丽到他俩最喜欢的那家快餐店去吃早饭。我们坐在里面一个绿色的隔间，旁边是一台老式自动点唱机，但已经没人往里面投钱了。头顶上有两台吊扇，但我们在那儿时它们一直纹丝不动，萧条的长柜台旁坐着三位老人，他们随着女侍者的走来走去，慢慢转动着脑袋。

“这是我们的位置。”霍丽说着，打开了菜单，“油腻腻的鸡蛋拼盘。”她左手腕上戴着一个红色的镯子，耳朵上是大大的蓝色耳环。一双眼睛亮亮的，炯炯有神。她看上去那么清新、那么快活，简直令人不敢相信。“全城最美味的鸡蛋，专治宿醉。”她说。

“那我就试试吧。我想你现在对蒙特利尔的所有好地方都熟悉了吧？”

“反正我喜欢这里，超过喜欢我成长的那个地方。”她说。我问她是哪里。是安大略省的一个小镇，我以前没听说过。

“我猜想蒙特利尔比大多数人的家乡都好。”我说。

女侍者又出现了，这次端来了咖啡，问我们是否可以点餐了。她走后，霍丽说：“你知道吗？你的法语并没有那么糟糕。比我刚来这儿的时候强。反正，我不会一辈子待在蒙特利尔的。”她往自己的咖啡里加了一勺糖，一边搅拌，一边朝窗外望了几秒钟，又回过头来看着我。“世界上其他地方可看的东西太多了。”她说，“我真的这样想。人们总喜欢待在一个地方。这让我难以理解。所有的那些人……”她又顿了顿，注视着人行道上来来往往的人群，“他们在床上醒来，说服自己相信他们所处的就是世界上唯一的地方。我真不能理解。”

“那也是很自然的，不是吗？”我说，“想要安逸嘛。”

“等你老了，也许没问题。我能理解。人上了年纪，便希望停下来，想想这辈子做过的所有事情。那是不错。可是年轻的时候呢？你想知道我对于生活最大的恐惧是什么吗？”

“愿闻其详。”

“逐渐老去，内心却充满悔恨。后悔自己没有抓住机会。我希望回顾我的一生时能够无怨无悔，没有遗憾。你毕竟只能活一次，是不是？”

女侍者把餐盘和两杯橘子汁放在我们桌上，并给我们把咖啡加满。差不多是中午了，我饥肠辘辘，仍然有点宿醉未消，不过头脑还算清醒，能够领会霍丽刚才说的话。她继续解释说，她认为人们之所以晚年生活得痛苦和不满足，就是因为他们一直安于现状。需要用长远的眼光，从更年长的自我的视角来看待世界。

“你真的认为能做到那样？”我说，“整天考虑各种后果，推测四十年后的自己在想什么，这可需要许多精力呢。可能也会使事情变得毫无乐趣可言。”

“我没说很容易做到。我猜那才是关键，对吗？我称之为一种基本的道德要求。必须弄清怎样才能过好自己的一生。”

“好吧，不管那是什么意思。”我以前没听人谈到过基本的道德要求。

“我最近在读康德的书，”她说，“这就有点像他的无条件道德律令。它取决于这样一个信念：思想存在于我们内心。我们需要认识它，把它带到表面，并实实在在地为它做点什么。”

霍丽继续跟我谈论她的德语课。她刚读完《三便士歌剧》和《西线无战事》，都是“二十世纪德国文学”课程的读物。说来也巧，我这辈子读过的唯一一本德国小说正是雷马克①的作品。霍丽在图书方面的自信和睿智，是我以前从没领略过的。她兴奋而机智地对雷马克的小说大加讥评，听得我渴望从头再读一遍。当她提到贝尔托·布莱希特②时，我坦言我对这位作家唯一多少有点了解的是剧本《睡衣仙舞》。

她做了个鬼脸。“那是什么呀？”她说，拿起一片抹了黄油的面包。

“我曾经喜欢一个女孩。她是个女演员，在那个剧里演一个角色。”

“迈尔斯从未跟我说过你以前当过演员。可是我能看得出来。你的眼睛很有表现力。”

“我自己没演过戏。一想到要站在一大堆人面前，我就害怕得不行。这绝对是我所能想象的最恐怖的事。我做过噩梦，站在众人面前却忘了自己的台词。真不知道他们是怎么做到的。我说的是演员。”

“你试一试就知道了。”

---

① 埃里希·马利亚·雷马克(1898—1970)，二十世纪德裔美籍作家，主要因《西线无战事》(1929)一书而知名。这部小说是描写第一次世界大战最著名和最有代表性的作品之一。

② 贝尔托·布莱希特(1898—1956)，德国著名戏剧家与诗人。

“也许吧。但我那时候经常去看她的排演。每天放学后,我都会找借口跑去礼堂,他们就在那里排演。其实就是一个典型的校园剧,可能很差劲儿。但我当时觉得她真了不起。现在不知道她在哪里。去年她去了一所表演艺术学院。”

“看来你还蛮浪漫的,”她说,“我喜欢。”她用最后一点面包擦净盘子里的蛋黄。

“也许吧。不好说。其实我从来没能跟她说上话。总有许多男生向她献殷勤。我跟女孩子打交道不太灵光。”

她把面包扔进嘴里,嚼了嚼咽下,然后小口喝着咖啡。我从没见过一个女孩吃这么多。

“这没什么可奇怪的,”她说,“你把某人想象得太完美了,弄得自己总是张口结舌,说不出话来。我知道那是什么感觉。”

她这么漂亮、自信,不可能在任何人面前张口结舌,我想,一边看着她用餐巾纸擦了擦嘴角。冰雪聪明,自在松弛,她不会敏感到担心别人对她的看法。

“所以她们就变得无法接近了,是吗?”我说,“至少对我来说是这样。我想,我爱上的大概是她这个概念,而不是她这个人本身。不过,她是个辣妹。”

霍丽笑了笑,把餐巾纸塞到她的右腿下,两个手指塞进衬衫口袋。

“看样子你是真饿了。”我说。

“我绝对是个早餐达人。”

她从口袋里掏出一管唇膏,抹了抹,又放回了口袋。

我看了看手表,已经差不多一点钟了:“我想我能慢慢习惯大学生活。”

“我们还是有点时间去找乐子的,”她说,“并不都是无条件道德律令。”

“最好不是。”我说。

我们把钱付给女侍者，出发去校园跟迈尔斯碰头。他站在社会科学楼的前面，背包里戳着一根壁球拍。霍丽亲了亲他的脸，迈尔斯跟我握了握手。

“欢迎你开始新生活的第一天。”他说。

第三章

霍丽重新进入我的生活时，语言学院的装修正在全面进行。我已经是疲于应付，然而在我们不期而遇之后的几天里，我怎么也无法让自己的心思回到手头的事情上。不管什么时候，不管走到哪儿，我都能强烈地感觉到她的存在，就好像她刚从房间离开一样。我雇的那些木匠们乒乒乓乓地敲个不停，我则拼命把思绪拽回到自己的正事上。仔细地研究银行对账单和官方的各种手续，跟其他学院的人开会磋谈，为即将到来的冬季学期敲定一些订单。午休的时候，我手里拿着潜艇三明治，跟木匠们坐在一起，大谈西甲联赛，评论大卫·贝克汉姆在皇家马德里队的表现日薄西山。可是我没法把注意力集中在足球上。我一直在想霍丽·格雷。

在房间里关了一天之后，我动身回家，骑车大约十五分钟，一路都隐约希望能看见她——在每一个街角，在每一辆过路汽车的挡风玻璃后。我时刻保持警惕，就像一个人在等待秘密情报。我骑车穿过杰拉德街，穿过椰菜镇，目不转睛地寻找她。我快速冲下河谷区玩赏动物饲养场附近的草坡，进入唐河谷，根据人们的说法这里偶尔还能看到野鹿，如今业已关闭的动物园里四十年前传出的狮吼曾响彻浅浅的河谷。我在野餐的情侣们中间、在独自遛狗或沿着小路慢跑的女人们中间，寻找她的身影。到了河谷的另一边，我会在小中国城停下来，买一些鱼肉、蔬菜什么的，我在橘子筐里挑挑拣拣，或站在装龙虾的水箱旁边时，也在寻找她。最后，我骑车穿过那个公园，走完回家前的最后一段路，我有时会和纳特及两个男孩在公园里踢足球、扔飞碟，但却一次也没有看见霍丽的身影。但我知道总有一天会看见她的。只是时间早晚的问题。

在我身边，随处可见婚姻像破旧的瓷娃娃一样分崩离析，然而世界还是愉快地滚滚向前。有什么要紧呢？在马德里，好心的朋友们曾经安慰我，说我女儿最后肯定会很好的。孩子们的适应能力比我们想象的强。他们说，只要稍加调整，这一年就会过得很好，甚至过得相当出彩呢。我来多伦多之前也是这样试图说服自己的。我想象我每过个把月就飞回马德里，在维多利亚皇后酒店订一个套房。我永远是艾娃的父亲，这一点是不可能改变的，而且她已经不是小孩子，能够理解事情的真相了，知道父母虽然分开，还会像在一起的时候一样爱她，甚至爱得更深。

从理论上来说，一切都是很容易做到的。我只要严格按计划行事。这是一个十分真实、可以达成的愿景，既是我的权利，也是我的渴望。我曾经想象自己骑跨在两个世界——是一个胸有成竹、镇定自若的走钢丝者，带着礼物和新的能量，穿梭于大西洋的上空，在起飞和落地之间无缝对接，完成从一个饥渴单身汉到一个居家好男人的角色转换。这真是一笔好买卖。新生活在向我招手。简直就像落入一个漂亮女人怀抱一样。

我打定主意不放松警惕，让自己保持健康，把心思集中在促使我来到这里的工作上。我要把第五所语言学院开办起来，让它正常运转，与此同时，每星期去四天健身房，给自己做像样的饭菜，晚上喝酒有节制，绝不过量。我不断提醒自己，再过一年就回马德里，多一天也不耽搁。最要紧的是熬过这段时间，不让自己分神，告诉自己这不是世界末日。我甚至又开始读小说，算起来已经十年没有碰这类东西了。这都是我让自己继续活下去所需要的日常事务的一部分，不管喜欢不喜欢，每晚都读十页。我给自己买了一辆山地自行车，成了市中心的基督教青年会的会员，还挑了一本专门为重视健康的职业人士量身定做的大部头菜谱。每天早晨五点半一过，我就出门直奔唐河谷，在小路上骑一个小时。渐入秋天之后，小路上挤满了慢跑者和其他自行车骑手，在清晨的氤氲雾气中，他们像幽灵一样浮现，我经常看到一小群疲惫的三文鱼聚集在河里一处障碍物下面，正在聚集力量，准备继续向前。我经常停下来，观察这一神奇的景象。如果一条鱼真的跳过障碍，往前游去，而不是被推到后面，重新再跳，我就会觉得自己和这个日子格外幸运，就好像抓住了一颗流星。鱼儿跳到岩石的另一边后，在得意和疲惫中，它的背鳍会隐入水中，我注视着，一边等待另一条鱼跃过障碍，一边在脑海里寻找艾娃的某个画面或某段往事，它们可以支撑我走完人生的路。我注意到这其实也象征着我面前的障碍，象征着我为回家所做的孤注一掷的、复杂的努力。

傍晚，我会停留在 Skype 页面上，等待女儿的信息。我接二连三地给她发去邮件，并附上以前全家度假、庆祝生日、远足郊游的照片，随着时间一星期一星期地过去，这些时光在我心中越来越珍贵。我发现自己如痴如醉地看着这些照片。如果时间没超过五点，她的头像就会像某个网络天使一样出现在我面前，画面粗糙，不很清晰，她笑眯眯的，充满无限的怜悯。“你在啊!”我说,如果从她的声音或眼睛里没有看到忧郁、绝望或怨恨时,我就能暂时忘记我们之间隔着一片暗涛汹涌的大洋,它就像我当初把她留在欧洲的决定一样深不可测。

一天下午,我言不由衷地对她说了几句话,告诉她一切都跟以前没有什么两样。“是啊,我想你说得对,”她说,“我想,就是因为这个,我现在整天对着电脑说话。”说完,她就在我眼前断开了连接。我试图再次唤回她,她没有响应,而且也不接手机。我用双手托着脑袋,等待着。过了半小时,我来到外面的客厅,给自己倒了杯酒。三天之后,她才回应了我的Skype 请求。

没过多久,单身生活的现实就露出端倪。离开艾娃,就好像残酷而自私地放弃了我生活中唯一纯粹的东西。我不可能长久地欺骗自己。我需要回去,却又不知如何去做。曾经支撑我的那些梦想,如今已摇摇欲坠。我把心事吐露给我的哥哥,他只是听着,竟没有表示他需要诅咒一下他自己的遭遇。他问,我是否认为如果自己没有离开,事情便不致如此糟糕。有什么区别呢?他说。

我没有告诉纳特,我越来越痴迷于霍丽,以及我们共同拥有的过去。我和纳特只是坐在那里畅谈我的计划,如何在多伦多竞争激烈的语言培训市场争得一席之地。他很有经营头脑,跟我交流他对事情的看法。离新的语言学院走路不到十分钟的范围内,另有三所学校。其中两所是非营利组织,针对的是截然不同的客户,完全依赖于政府的心血来潮和联邦资金。第三所学校的重点是拉丁美洲。我去拜访过一次,跟那里的负责人握了握手,到处看了看。对我而言,主要的竞争对手是位于布鲁尔街的第四所学校。他们把饵钩伸向了跟我们完全一样的市场，有些业务甚至是我们没有的——主要是一个新启动的助学金项目，依靠来自利雅得的巨大财源，开始用飞机把沙特的孩子源源不断地运往多伦多。

“听起来像是唾手可得的大买卖。”纳特说。

他说得对，可是追求这样一笔大订单也不是容易的事，需要更多的时间和精力，而我目前尚不具备。再过一两年，这正是我想要达到的发展目标。眼下我已是超负荷了。除了张罗装修的事，我还开始为新的学院招兵买马——销售和市场经理、账户管理人员、住宿和社会活动的组织者、项目主管——专门挑选业内的懂行人士，他们一旦进入学院大门，就能把一个部门管理得有声有色，鲜有或根本没有疏漏之处。

我在纳特家逗留的那一个星期之后，我们便很少再谈论过去的事。当然啦，往事一直都存在于两人心中。但沉溺其中，反复探究，对我们俩都没有好处。正如我前面说的，父母去世之后，一位叔叔收养了我们。雨果是个沉默寡言的男人，是市政工程师，也是我父亲唯一的兄弟。我还记得那个时候的几个细节。当时简直可以被称为我生命中迷茫的一年。事情发生时我刚读九年级，如今只能想象我那时是什么样子，一个新来的转校生，孤苦伶仃地置身于一群男女生中间，他们全都兴致勃勃，流淌着青春的活力。我有父母可以依靠的时候，对一切都懵懵懂懂，但世界对我也没有要求。他们死后，世界对我的要求没完没了，令我无法忍受。我觉得一切都毫无意义。我们的叔叔是个大好人，但对这样的挑战准备不足。话又说回来，又有谁可能做好适当的准备呢？但似乎我是个特殊的案例。面对变故，纳特以惊人的平静应付裕如。我们转到新的学区后，他几星期内就交到了朋友。对此我怎么也不能理解。我还记得几个细节——比如他靠在教室外锁柜门上时的笑容。看上去他似乎在世界上没有一丝烦恼。我会一直盯着他看,直到他注意我,然后他会朝我微微一笑,笑容那么虚假,我简直以为他是个素不相识的人。我们俩同住一间卧室,在叔叔家的三楼,那是一座窄窄的半独立式高楼,位于布鲁尔街北边一条安静的街道上。几个月里,我每天晚上都试图谈论我们的父母。我需要知道自己并不孤单,需要听到哥哥和我共同拥有某种别人无法理解的东西。然而,不管我怎么深入探究,他都告诉我,眼前的生活才是最重要的,整夜谈论父母并不能使他们死而复生。

我们也没有谈到在马德里他对我挥以老拳的最后那一夜。随着时间的推移,这件旧事变得不那么尖锐了。我们都觉得在那之后发生了太多重要的事情。如今我们有着成年人的烦恼,满足于认真过好当下,甚至追求一个更好的未来——愿意把自己最好的东西显示给对方,以说明我们的梦想和雄心壮志尚未磨灭。当然啦,偶尔也会想起父亲和母亲,但只是模模糊糊,缺乏一种真实感,幼年失去双亲的孩子长大后想起父母时都是那样。“记得爸爸那会儿经常……”或“妈妈当年总是喜欢……”

夜里,我睡不着觉,捉摸着霍丽是不是在等待我给她信号。那次见面太完美,太意味深长,简直就像命中注定的一样。显然我是夸大其词了。现在我已经明白。但当时我刚刚单身,正在年少时待过的这个城市里摸索,而我的初恋突然从往事中出现了。在某种程度上,我知道这是多么不切实际,然而与她重温旧梦的幻想始终在我脑海里挥之不去。我发现自己白天黑夜都在想着这件事。工作一天之后,我久久地坐在电脑前,弄清了她工作的那家公司的名字,以及办公楼的地址，还查看了她从业后出版过的那份长长的书单。网上有霍丽在盛大的聚会、晚会和颁奖仪式上面对镜头微笑的照片。一天下午，我发现自己拿起电话，想拨打她办公室的号码，却又及时制止了自己。于是，我不再沉溺于回忆往事，而是走到大街上，开始每天拜访六七家商店或餐馆，递上我的名片，谈论我将会如何给这地方带来新的客流量——这是一种接地气的见面会，一种低强度的公关活动，前几次创办学院时我都是这么做的。

在一个刮风的下午，一个留着一大蓬灰胡子的体格魁伟的锡克教徒，跟我握了握手后，带着非同一般的兴趣研究我的名片。他叫保罗，经营着我北边两个街区之外的那家电子商店，负责管理一千平方英尺的超大平面屏幕，上面循环播放着高清的高尔夫绿地、滑翔运动，以及大堡礁汹涌的湍流。“哦，非常欢迎你来这里，先生。”他笑微微地说，把名片塞进了胸前的口袋，“我哥哥也是干语言这一行的。他是新德里的一名翻译，是那里最棒的一个，精通九种语言。也许你有兴趣加入市中心的商业委员会？”

保罗递给我一大堆相关文件，然后我来到学院三楼以下的星巴克，看见了那个女人，她经常在每天这个时候坐在那里，在西边裸露的砖墙上那幅毕加索大画作下面看书。一个漂亮女人，约莫三十出头，我猜，有时她会从书上抬起头，看见我便微微一笑。我想也许她能帮助我把霍丽从我脑海里赶走。她几乎每个下午都在，独自坐着，喝着她的印度拿铁，一枚银手镯在黧黑的肌肤上闪闪发亮。我当时感觉跟周围人关系亲近，甚至愿意与人交往，在电子商店里跟保罗刚建立的联系使我大受鼓舞，心中洋溢着高昂的团队精神。

“你给自己找了个小安乐窝。”我说。

她抬起眼睛看着我。这双眼睛真漂亮，我想，里面显示出惊讶，接着是不耐烦，最后是一点点怜悯。

“对不起。我要忙这个。”她说，指了指摊在面前的那些稿件。

“当然，”我说，“我知道那种感觉。”

我受了挫折，排队去买咖啡，我的咖啡还没端上来，她就收拾起东西，出门而去。

第 四 章

我在麦吉尔大学上二年级的那个秋天，纳特到蒙特利尔来参加一场曲棍球锦标赛。我当时跟三个工程专业的学生住在珍妮曼斯街的一座老房子里。秋天一开暖气，房间里就弥漫着保暖材料的霉味，整个冬天逗留不去，直到春天到来，窗户打开，让清新的空气流淌进来。餐厅的桌子是一块半成品刨花板，明显有些变形下凹，就像一条肥嘟嘟的大鱼的肚子。我的室友都比我高两个年级，刚进麦吉尔大学不久就互相认识了。他们白天都去听讲座，在图书馆里学习。因此我很少见到他们，即使见到，他们也不怎么留意我。史蒂文斯的卧室跟我紧挨着，他有时在卧室里举杠铃，会把汗津津的肩膀靠在我的门框上，对我说，欢迎我去跟他们一起参加工程学生的派对。"我觉得你可以搞点艳遇，贝罗斯。"他总是这么说，我会向他表示感谢，说我目前一切都好。星期六的上午，他们在院际联赛里打曲棍球，然后去喝酒，一直喝到晚上。周末他们带球队回来的时候，我就躲出去。我去学校游泳池，或在图书馆找一个清净的座位，看一整天的书。我总有一大堆小说要读。平常他们埋头学习，很少在午夜之前回来。我真羡慕他们这样收放自如，好像头脑里装着开关一样。

接到我哥哥电话是在一个星期四晚上。我独自在家。我刚跟那个排球运动员桑德拉分手。本来我们打算在高中度过甜蜜的几个月后，升入同一所大学，然而事情并不像我们希望的那样顺利。我接通电话，听到了哥哥的声音。我们已经两年没有见面了。“雨果叔叔把你的号码给了我。说我应该给你打个电话。所以我就打了。”

他的球队，雪城大学①橘子人队，在决赛的第二轮被淘汰了，现在他跟两个队员一起坐在市中心某个简陋的旅馆房间里，看电视，喝拿破仑干邑。我听到电话那头很嘈杂，有人在高声说笑，还有一个姑娘的声音。纳特在高中时曾是曲棍球队的队长，赢过几乎所有重要的奖章和缎带，如今想在大学里也大出风头。在我的记忆中，他身边总是围着许多姑娘。他知道怎么跟她们对话，说些什么，在学校门厅里简单搭讪几句——信步走过我的锁柜，得意地暗笑，而比他低两个年级的我无助地站在那里，心生敬畏——他会走向某个我想搭讪的女生，或某个隔着两个锁柜偶尔冲我嫣然一笑，令我整夜魂不守舍的姑娘，他毫不费劲地跟对方搭上话，拿我开几句玩笑，逗得她咯咯大笑，低头看着脚尖，以后只要纳特一走进门厅，姑娘就把我完全忘到了脑后。这对他来说像一个游戏。后来，他赢得一份曲棍球奖学金，去了雪城大学，我目送着他的背影，感到如释重负。

纳特的旅馆位于城市里我不熟悉的一个部分。那是一个寒冷的夜晚，出租车的灯光映出街头飘零的落叶的颜色，当司机终于找到纳特提供的地址时，我看到了他叫我留意的那个广告牌。广告牌在一个废弃的停车场上，固定在旅馆一侧，上

① 雪城大学，一所享誉世界的顶尖私立研究型大学，成立于1870年，坐落于美国纽约州雪城，在各学科领域中成就卓著并影响巨大。

面是个美女模特的脸，我记得好像是一个验光配镜师的广告。

我真希望自己在家看书，或待在迈尔斯和霍丽的公寓里。那些日子，我每星期过去一两次。但我觉得应该做出努力，去看看我的哥哥。实际上，我甚至自欺欺人地让自己相信他是专门从雪城过来看我的，虽然他明明是为了参加曲棍球锦标赛而来。

我来到他位于五楼的房间，他介绍我认识了那个我在电话里听过声音的姑娘。姑娘背靠床板坐在床上，两个脚踝交叉在一起。她有一张非常迷人的脸。“我叫小兔。”她告诉我。

纳特高兴得满脸是笑：“小兔！你相信吗？今晚有小兔陪着我们。”

小兔在他们那天下午喝酒的脱衣舞酒吧工作。她的头发垂到肩头，刘海剪得又短又齐，露出额头。指甲涂成黑白相间的图案，简直有点像钢琴的琴键，纳特给我做介绍时，她微微一笑，说道：“你好，小弟弟。”

那天晚上房间里的另外两个人跟他一样，都是前锋——用曲棍球的术语来说，是攻击手，打的是同一位置。其中一个解释说，他们在对方的半场徘徊，伺机发起攻击，把对方逼得很紧。他们都是食肉动物，他说。靠的全是本能，不是深思熟虑，也不用语言交流。每一分钟都很宝贵。每个人随时都知道另外两人在场上的什么位置。那天夜里，他们之间似乎也存在着同样的非语言沟通。那个旅馆房间就像一个球场，小兔就是他们的进攻对象。他们不需要说话，也无须眼神交流，只是互相抛扔啤酒，举手击掌，后来皮特——那个解释比赛奥秘的黑头发小伙子——把小兔带进洗手间，锁上了门，我哥哥面带微笑，倚靠在床头板上，双手叠放在胸前，脸上一副心满意足的表情，就好像他自己刚打进了一粒制胜球。

那天夜里小兔轮流陪伴我们每个人，轮到我的时候，小兔抓起她的小皮钱包，领我走进洗手间，锁上了门。我掏出钱给她。她数了数，放进了钱包，然后坐在浴缸边上，拉开我的拉链。我一直盯着她的头顶，后来才闭上了眼睛。她不想让我感到难堪。一切都进行得太快。完事后，她又把那个红色的小钱包从肩头拿下，掏出一本平装的《局外人》读了起来。我收拾好自己，靠在贴了瓷砖的墙上，注视着她。她就像在等公共汽车，或等着侍者给她端来一个汉堡和一盘炸薯条。我用的时间没有我哥哥和他两个朋友那么长，但我们等待着，就好像也用了跟别人同样长的时间。她那黑白相间的手指甲，在那本书破旧黯淡的封面衬托下，显得非常美丽和时髦。她用口型念出读到的文字，用指尖轻轻捻着书页，然后慢慢翻过。

同样是那天夜里，我后来躺在床上，在想象中做了所有的事，都是我跟小兔在一起时没有做而现在想做的。我想让自己睁着眼睛，在高潮的时候与她对视，我想脱光她的衣服，仔细研究她的胴体。然而，这一切都没有发生。那天夜里，我的大脑飞速运转。我们俩在等待了足够的时间之后，终于回到大屋，不久我就搭出租车回家了。

我哥哥当时笑了笑，拍了一下我的后背，说："好吧，小子。回家睡个美容觉吧。"

我告诉迈尔斯，我想退学，出去旅行。这是纳特来过之后几个星期的事。

"你为什么要这么做？"他问。

"不知道。大概是厌倦了吧。"

我们坐在那种啤酒屋里，里面摆着一些大圆桌子，每张桌子能坐下二十到二十五个人。啤酒屋里很嘈杂,每个人都在说话,都在大笑。当时可能期中考试已接近尾声,学生们都出来庆祝,开怀畅饮,寻找艳遇。房间那头的大屏幕上播放着MTV 录像,声音震耳欲聋,我们不得不把声音提得很高,才能听到对方说话。

“好吧。”他说,“那你为什么不行动呢?”

“怪就怪在这里。我也想不明白。”

“更怪的是,如果你死守在这里,只会得到一张写着你名字的破纸片。”

他说得对。

经过几天的心理斗争,我去了教务处,通知他们我打算退学。他们说我可以拿到春季学期的退款,于是我决定用这笔钱去买机票。

那天夜里,我把自己的想法告诉了室友史蒂文斯。他有个朋友刚从女朋友的公寓搬了出来,需要一个住处,所以我的搬离完全没有问题,而且越早越好。第二天我就收拾好东西,拿到租房押金,搬到了迈尔斯和霍丽那儿。四天后,我买了去雅典的机票。那是一个寒冷的下午,气温在二十四小时内骤降了十五度。我觉得自己好像刚赢了彩票。“可是感觉有点不真实呢,”我对迈尔斯说,“要知道那张机票也是一张破纸片呀。”

“它会把你带到比大学学历更远的地方。”他说。

我走向两个街区之外的小便利店,购买那天晚上三个人吃喝的东西。正值十一月中旬,一场宜人的雪在城里降落,雪花在路灯的映照下晶莹闪烁,在过路汽车的灯光里打着旋儿。我买了两只烤鸡、一袋冷冻的炸薯条、一些红酒和啤酒,走回去时,酒瓶在袋子里碰得叮当响,我在心里盘算着自己的好运气。再过一个星期，我就会在雅典的某个广场上闲坐，或在帕台农神庙四处游逛，或乘渡船前往某座神秘的小岛。我唯一不能理解的就是为何花了那么长时间才迈出这一步。

我们打开红酒，开始尽情地吃喝，红酒喝完后，又转向啤酒，后来迈尔斯拿出了他为特殊日子珍藏的那瓶渣酿白兰地。他们在竹帘旁支了一张小桌，我们就围坐在那儿，后来桌上堆满了酒杯、餐盘和酒瓶。唱机的转盘上放着水孩子乐队的音乐。当时那是迈尔斯和霍丽最喜欢的一张唱片。

“我觉得我一年都不需要吃东西了。”我说。

“这顿饭吃得的确够扎实。”迈尔斯说。

“你到了希腊就需要补充营养了，”霍丽说，脸上带着粲然的笑容，“你在那儿会需要帮助的。”

我告诉他们我有心理准备。

“每天你往窗外眺望，都能看见地中海。”迈尔斯说，和着那首歌的鼓点，用双手拍打着膝盖，“书里说，那里是人世间离天堂最近的地方。大概一百年才会下一次雪。”

“我真想去看看啊。”霍丽说。

“肯定会的，”我说，“我们一起去。我只是比你们动身早一点。”

我们谈到他们第二年过去，然后我们三个在一座岛上租一间石头小屋，过一种莱昂纳德·科恩①那样的生活。我们没有约定日期，只是幻想着一起去探索世界，寻找并恪守某种永恒的东西，让自己变得与众不同。这就是迈尔斯在膝盖上

① 莱昂纳德·科恩，民谣歌手，音乐人，诗人和小说家。出生于加拿大蒙特利尔。小说《美丽失落者》被评论家誉为二十世纪六十年代的经典之作。

打拍子的那首歌里唱的内容,也是两年前我来蒙特利尔的第一个周末,霍丽带我去他们最喜欢的小餐馆时想要表达的东西。她说,抓住一些机会,因为你只能活一次。她不愿意成为回首一生充满遗憾的那种人,我们都不愿意。这就是我们青春年少时的盟约。

夜里,抽水马桶的表面结了一层薄薄的冰。第二天早晨,温度计显示只有摄氏八度。不知是谁把卫生间的窗户开着忘了关。我想,我很快就要离开这刺骨的寒冷了,但我并没有精力去多想即将到来的冒险旅程。必须把这一天对付过去。一种十分难受的宿醉,霸道地折磨着我的肉体,令我情绪低落,全身乏力。我关上卫生间的窗户,吃了两片泰诺,重新躺倒在沙发上。我又睡了一个小时,然后起身想看会儿电视,吃一小片面包。那天下午两点钟左右,我骑车去了健身馆。

外面异常寒冷——雪已经停了——我逐渐感觉自己又活了过来。虽然已经退学,但我仍能进入学校的壁球场和游泳池,因为学生证还在身上。那天下午,我慢慢地游了二十个来回,然后筋疲力尽地坐在桑拿房里,闭着眼睛,感觉到酒精从我的皮肤散发出去。不断有人进来又出去。我试着再次去想希腊,想那里的海滩,想我将会遇到的所有姑娘。桑拿房里挤满了男人,都坐在那里沉默不语,低头看着自己的双脚。现在想来,学校里热衷于派对的学生大概都跑来蒸桑拿了,想在星期天下午让自己清醒起来。蒸气里弥漫着令人作呕的酒味儿。我把脑袋埋在毛巾下面,希望这一天赶紧过去。

五点过后,我回到公寓,发现霍丽坐在地板上,双手捧着一杯茶。她的脸上写满了担忧。

“我醒来时迈尔斯不见了,到现在还没回来。”

“换了我就不会担心，”我说，“他大概在图书馆里睡着了，正趴在一堆化学教材上打呼噜呢。”

公寓房里安静了几个小时。我坐在沙发上，在几个星期来一直带在身边的《我们去希腊吧》上标出我想去看的景物。霍丽坐在沙发的那头，有一搭没一搭地看着《魔山》①。显然她没法让自己集中注意力。这时候我也开始感觉不对劲了，迈尔斯迟迟不归，而且一直没打电话说明他在哪儿。到了八点钟左右，两个警察上门来了。他们身材魁梧，留着大胡子，神色忧虑，操着一口法语。他们问我们迈尔斯是否住在这里。没错，我们告诉他们，他确实住在这里。我问出了什么事，他们说有人在城市北端发现了他。他从一座三十英尺高的人行天桥上坠落。我最好的朋友死了。

---

① 《魔山》是诺贝尔文学奖获得者托马斯·曼的代表作。小说以一个疗养院为中心，描写了欧洲许多封建贵族和资产阶级人物。

第五章

出事后的几个星期，我不断地想起我的父母。他们留给我的只有朦朦胧胧的记忆，和几件纪念品、几张照片。加起来也没有多少。远远不够。迈尔斯死后，我知道会是什么感觉：跟上次完全一样。随着时间的推移，在我脑海里仍然鲜活的那些细节，会逐渐一点点地溜走。这让我感到恐慌。我想记起一些特殊的时刻，把它们深深地烙在记忆里，我们一起做过的事，一起说过的话。我住进他公寓的第一天夜里，他倚靠在沙发上，跟我说话。我想起那些下午，我们放学后一起去湖边，看海鸥，谈音乐，聊女生，商量着离开多伦多。我想把对他的记忆深深地刻进我的脑海。我一遍又一遍地向自己保证，我永远不会把他忘记。我在心里列了清单，记录我们做过的事，去过的地方，谈论过的话题。每个类别又岔出几十个不同分支，每个分支我都详细地记录，就像某人顺着各种分叉的小路行走，一点点地被带入某个谜团的深处。我不能让这些记忆消失，因为关于父母的某些记忆就已经悄然溜走了。如今，我只记得父母是我曾经认识，并且深深爱着的人，然而总是摆脱不了一种奇怪的感觉：我是凭空把他们想象出来的，他们的生命就像梦境一样转瞬即逝。我并不是不相信他们曾经活过，爱过我，帮着把我塑造成人。可是，他们真的知道我吗？

我真的认识他们吗？他们死的时候我还是个孩子。如今，当年那个孩子在我心目中也是陌生人了。当我试图回忆父母时，我幻想全家人聚在一起，幻想我会站在哪个位置，可是，看到以前的自己，我却只能认出这个人的外表。我无法想象自己真正融入那一张全家福。

我记得母亲的发型像当时所有的母亲一样，头发短短的，刘海高高的，而我那身为木匠的父亲，似乎一刻也闲不住，总是在忙碌，总是在工作。他十二岁从比利时过来，一九五八年当他二十二岁时，在维多利亚日的一次烟火表演中认识了我母亲。他们在那片公共绿地观看烟花在安大略湖上空绽放，往后又带着他们两个年幼的儿子去那里吃野餐，寻找复活节彩蛋。这个故事我曾听过许多遍。我父亲当时在一家造船厂当学徒，他领着羞怯怯的女朋友离开聚集在那里的人群，一起站在湖边的暗处，如痴如醉地观看着，心头撞鹿，似乎他们即将创造整个世界。这就是初恋时刻，母亲告诉我。在另一段记忆中，我发着高烧，躺在毯子下面看电视。我没去上学。父亲下班比平常早很多，带回来一罐姜汁啤酒，令我大感意外，那是我生下来第一次尝到含气饮料。谁还记得自己喝过的第一罐软饮料，那种会爆炸的含糖汽水？父亲坐在沙发边上，从衬衫口袋里掏出一根白色的吸管，插进罐子叫我吸。他身上有一股木头刨花的气味，可能眉毛上也粘着锯木屑。他是我认识的最帅气的男人。那天下午，父亲从耳朵后面拿下他的木工铅笔，把它跟我的吸管一起插进罐子，假装喝啤酒。

葬礼那天，墓地覆盖着一层薄薄的雪粉。空中没有鸟叫，树上没有绿叶，看上去光秃、灰暗。迈尔斯的长辈亲戚以及他母亲的朋友，都知道他最后那个夜晚是跟我和霍丽一起度过的。我忍不住怀疑他们每个人心里都认定我们俩对他的死负有责任。虽然没有人说这样的话，但我就是无法摆脱这种感觉。我们每人铲了一抔土撒进坟墓，然后我和霍丽走向回去乘车的那条砾石路。站在那里等车的时候，迈尔斯的母亲走了过来。她面色憔悴而苍白，眼睛下面有很深的黑影。我们已经谈过迈尔斯坠亡那天夜里的事。我当时还不知道，关于儿子是自己跳下去的还是失足坠落，她永远也不会得到答案，但当时她需要相信儿子的死是个意外，我也跟她一样。埃斯勒夫人向我打听情况时，我没有说谎。我尽量把一切都告诉她，说我们当时在欢庆，喝得很醉，他在我睡着后离开了公寓。埃斯勒夫人问，迈尔斯是不是曾经心情抑郁，或说过什么可能暗示不对劲的话。我告诉她，迈尔斯一直就是我认识并深爱的那个迈尔斯。

此刻，在墓地边，埃斯勒夫人告诉我和霍丽，我们是她儿子在这个世界上最爱的两个人，我们有责任把对他的记忆永远存在心底。我答应了她。霍丽哭了，用手捂着嘴，然后埃斯勒夫人用指尖碰了碰我的脸，转身沿着小路重新走回墓地。

两天后，我们开车送迈尔斯的母亲从多伦多去蒙特利尔。她坐在副驾驶座位上，手里一直抓着迈尔斯的高中毕业照。我开车，但车是她的——那辆蓝色的雪佛兰，我和迈尔斯曾经开着它在城里闲逛，听着音乐，渴望着碰到美女。霍丽坐在后座上，眼睛一直望着窗外。我想在后视镜里跟她对视，她却始终没有抬眼。我们开了整整六个小时没有说一句话，到了蒙特利尔，我们把迈尔斯的衣服、书本和文件全都装进箱子里。我仍然感觉他随时都会推门走进来。他母亲留下了他的家具和唱片。“他肯定愿意把这些留给你们。”她说。

一星期后的一个下午，街上有两个陌生人向我走来。我过了一会儿才反应过来他们不是当地人，同时我自己也恍然不知身在何处。直到他们问我施瓦兹熟食店怎么走，我才突然从那种恍惚状态中惊醒。他们的脸上带着喜悦和期待，那是人们去一个从未去过的地方度假时特有的神情。我弄清自己的方位后，给他们指了路，这时我突然想到我也应该身在别处的。我的飞机早已飞往希腊，带走了我对一个更广阔世界的梦想。

这样漫无目的的游走很快变成了每日的例行公事。我经常在日出前离开公寓，一走就是八九个小时。一半的时间脑子里都没有明确的目标。那些日子，在漫长的、筋疲力尽的暴走之后，我通常会找一个咖啡馆或餐厅坐下。但更多的时候，我觉得最好还是继续往前走。这是转移注意力的更好的方式，把心思集中于前面的街道，身边的店铺，或路上看到的行人。有时，我看见迈尔斯在一个岔路口等我，或站在一家小便利店的窗边，可是我再凝神一看，他不见了。

我发现，我的朋友死后，城市并没有变化，从表面上丝毫看不出有人痛失所爱。似乎根本无人在意。那个冬天，路灯仍然愉快地照耀着。街上，人们带着期待的笑容与我擦肩而过。圣休伯特街上，飘落的雪花在店铺透出的灯光里晶莹闪亮。我已经无处可去。那个冬季我很少看到霍丽，虽然我每晚都睡在她的沙发上。

后来，电视上播出"挑战者号"失事，几天后我知道必须要有所改变。我出门找了份工作，在蒙特利尔区教育局的继续教育项目中教英语。这是一份志愿者工作，但没关系，我需要让自己做点事。在电视直播上看到那些宇航员瞬间失去生命，似乎只让我比以前更加困惑。我孤零零地置身于一个纷纷乱乱的宇宙，不知道何去何从。如果短时间内不发生某种改变，我知道自己越陷越深的那种绝望将会成为一种永恒的状态。

早上醒来，霍丽通常已经走了，我晚上回到家，她卧室的门关得紧紧的。我不知道她是不是在里面。偶尔我看见她，在星期六或星期天下午，我们也不说话。她甚至不能抬眼看我。我们中间竖起一堵无形的墙，个中原因我没法理解，也没法询问。

春季的一个雨天，我走上那座人行天桥，靠在栏杆上。天桥下面是一条单行道路，通向远处一个植被茂密的地方。一辆车驶来，从我眼皮底下远去，一切又重归平静。天桥似乎是从它所横跨的河谷两边天然地冒出来的。铁桥架漆成绿色，布满锈斑，水平大梁上有滴得很长的红色泪珠，像箭一样指向下方。我和迈尔斯曾经许多次一起在桥上走过，此刻我努力回忆他是否说过什么，我应该能从中体会出更深的意思。

一天早晨，我躺在沙发上，脑袋埋在枕头底下，听霍丽做着一天开始的准备工作。她在小小的公寓里走来走去，就像我住在这里的第一个周末那样。现在我不再幻想她钻进我的被窝了。那梦想消失了。我只渴望她能承认我的存在，注意我，给我一个简单的手势，一个微笑。我不能明白她内心的愤怒。似乎完全是针对我的，似乎是我把迈尔斯推向了死亡。我听着霍丽赤裸的双脚踩在地板上，幻想着一走了之，重新开始我的生活，远远离开我们之间凝聚的这层寒霜。她关上门离开后，我站在窗前望着下面的街道，在玻璃窗的水汽上画了一张脸。没有嘴的脸。我找来一张纸，在上面草草画出迈尔斯坠落的那座天桥。我把它划掉，翻过纸来，勾画出另一张脸。我放一些音乐，沏一壶咖啡，在笔记本的空白页上涂涂画画。每天早晨霍丽一去上课我就开始画。每星期我只需在三个下午工作几小时，所以手里有大把的自由时间。我总是放上一张迈尔斯的唱片，打开一本便签簿，一头沉浸于自己的想象。我不管怎么努力，都没法集中精力看书。脑袋里乱得像一锅糨糊。但是我可以画画。它帮助我把注意力集中在身外的某件事上。我听了迈尔斯拥有的每张唱片，有些是我以前从未见过、从未听过的。这使我感觉他就在身边。一天早晨，我发现箱子后面藏着一张罗马尼亚民间舞蹈的唱片。不知道它来自哪里，但音乐奇特、优美，充满了忧伤的吉卜赛式哀号和韵律，使我觉得仿佛在聆听来自异域的隐秘暗码。

两个月后，我开始跟志愿者项目里的另一位老师交往。她比我大，二十九岁，来自阿根廷的拉普拉塔，教西班牙语。玛丽娜留着短短的红头发，为人随和、敬职敬业，在系里口碑不错。我从见面的第一刻起就对她有了兴趣。她面庞娇媚，笑容美丽，我看见她在教师办公室和教室之间来回走动时，臀部千娇百媚地左右摇摆。我追上她，对她献殷勤，表明我对她感兴趣，但并非迫不及待。从我开始做志愿者工作起，我们关系一直不错，但我很长时间都没弄清她随和的性格是天生的、自发的，还是跟我有关，或是她有意识地认定温婉迷人的风格有助于她在一个新的城市站稳脚跟。

我们开始睡在一起之后，她问我是否失去过某个亲近的人。我没有把父母的事告诉她，只谈了迈尔斯。我们躺在床上，肩靠着肩，凝望着天花板。

“你最好的朋友？”她说。

“是的。”

她没有说她自己是否失去过什么人，但我猜想有过。有时，她偎依在我身上，用西班牙语说话——我当时还听不懂这种语言——一说就是个把小时。也许她想让我熟悉它的发音,或只是自言自语一些她无法用英语表达的东西,虽然她的英语非常流利。当然,我不知道她在对我说什么。据我猜测,她谈论的可能是在拉普拉塔时跟家人外出野餐的事。这些故事也许指向某种不祥的结局,但我不能肯定。也许有人失踪,敢死队,家中藏着军事机密。我开始关注报纸上的那些可怕报道。但是,就算那些故事给她带来切肤之痛,我也不会知道。我和她在一起的时候,仿佛暂时从我的世界里走了出来,虽然悲伤依然存在,但感觉不一样了,似乎起了某种变化,我几乎是快乐的了。

那年春天,我有许多时间都待在她的公寓里。她跟室友一起租了一个套间,离霍丽住的地方只有二十分钟。星期五,我下班后在中学跟她碰头,送她回家。后来我发现她有不止一个情侣,她的那份温柔不只是留给我一个人的。这倒并未让我觉得烦恼。我们在一起的大部分时间都是在床上。然而有一天下午,我把她带到了我的沙发上。

"这些画真奇怪。"她翻看着我的素描簿说,她全身赤裸,膝盖蜷起来贴着胸口,"这些东西用英语怎么说?"

"涂鸦。"

"你涂鸦。我喜欢你的涂鸦。英语真是一门滑稽的语言。"

"是啊,"我说,"确实如此。"

一天傍晚,我来到地下室,把那几本素描簿堆在壁炉里,然后和公寓管理人坐在一起,看着它们烧掉。管理员是个意大利老头,圆圆的大脑袋,细细的胳膊。他穿着一件白色无袖圆领衫,对大楼的管道和神秘的内部结构做一些小修小补。我隐约了解,早在霍丽和迈尔斯搬来的几年之前,他妻子就死了，他从前一位管理员那里接手了这份工作，据房客们传说，那位管理员惹上了官司，被迫从他四楼的公寓房里搬了出去。这位新管理员肩膀很宽，不爱说话，静静地坐在工作台边一张溅了油漆的小椅子里，盘子大的双手放在膝头，看着我的那些炭笔漫画被烧成灰烬。

圣丹尼街上的露天平台又打开了，在初夏一个清朗的晚上，我走到外面的防火梯上，尽情享受连续下雨一周之后的第一个宜人夜晚。我爬到楼顶，发现霍丽一个人在那里，把大粗麻袋里的泥土铲进一个五加仑的桶里。我已经好些天没看见她了。她身边至少有二十个这样的桶，它们像一群孩子一样围着她，每个桶里都是个圆形的小菜园。我仔细看了一会儿，心越来越沉，然后返身下楼。可是她叫了我的名字，我停住脚步，深深吸了口气，转过身去。“你忙着呢。”我说，在铺着柏油的平屋顶上朝她走去。她的双手沾着泥土的颜色。

“这上面很安静，”她说，“可以帮助我思考。”

“而且风景也不错。”

“我们终于可以侍弄这些西红柿了，它们出芽了，”她说，“是管理员种的。你见过他，是吗？是从维罗纳①之类的地方来的。我一直在这上面帮点儿忙。”

我注视着她，有片刻没有说话。

然后她说：“你真的喜欢她，是吗？”

“玛丽娜？是的。”

又是一阵沉默。

“我想他。”她说。

---

① 维罗纳，位于意大利北部的一座历史悠久的城市。

“我也是。”

“我对你态度恶劣。我现在知道了。我太恶劣了。我当时可能完全不知所措。”

“这一年过得真艰难。”我说。

“别再让我那样对你了,好吗?”

我没有说话。我想哭。我想骂她是个自私自利的臭婊子。但我站在那里时心里清楚,我的表现跟她一样糟,甚至更糟。在蓝色的苍穹下,城市在我们脚下,而在鳞次栉比的屋顶和远处的树梢上方,一团大山般的云滚滚而来,化为斑斓四射的不规则碎片。

“真没想到会这么艰难。”她说。

我觉得自己的心朝两个方向分裂。这是迈尔斯死后我们第一次提到他,种种感觉如潮水般涌来。我想尖叫,想从屋顶跳下去,但同时也感到欣喜。这么多年来,我一直期待从我哥哥那儿得到这种承认,承认他也像我一样受了伤,承认他对我们的父母怀有真实而深刻的情感。他仍然没有说过类似的话,但此刻的一瞬间,我瞥见了霍丽的内心。就是这么简单——柔软的嗓音,含蓄地表达悔恨和亲密。突然之间,我们的悲哀没有使我们分离,反而把我们拉在一起。

“今年会结出许多西红柿,”她说,一边擦着双手,“不过要到夏天结束的时候才能成熟呢。”

“我对西红柿一窍不通。”我说,上前一步,亲吻她的嘴。

她只是呆呆地看着我,一言不发。

“你不用爱上我,”我说,“你不用说话。”

她转身走向屋顶的另一端,那里的暮色正在被城市的灯光吞噬、焚毁。我走下楼梯,心里想着我把一切都搞砸了。一个小时后,她走进公寓时,假装什么事也没发生过。

八月,我们摘下那些西红柿吃掉了,它们被太阳晒暖的汁水顺着我们的小臂流淌。我们开始共度一些时光。把一个木炭火盆和两把草坪躺椅搬到屋顶上,经常开一瓶红酒,吃点什么,坐在那里聊天,一聊就是几个小时,注视着城市上方的光影变换。如今已很难回忆起我们当时的对话,也不记得我们到底花了多少时间聊天,但天气总是好的,我记得自己凝视着闪闪烁烁的天光,相信我们终于可以开始重新生活了。我没有再吻她。对于我说的她无须回爱我的那番话,她也未曾做出任何回应。几个月过去了,我们没有再谈这件事。每天晚上我们回到楼下,我搬出沙发,躺在上面,等待着卧室门轻轻打开、脚步声传来、她钻进我被窝的那份狂喜。然而她的门始终紧闭。

霍丽即便对玛丽娜存有某种看法,也没有告诉我。我仍然跟玛丽娜约会,但心思已经不在那里。我每星期一次在她那儿留宿,偶尔在霍丽去上课的时候,她会跟我回家待一两个小时。一天下午,电话铃响了。玛丽娜正站在客厅穿她的内衣,就拿起手机,说了句:“你好,这里是蒙特利尔学院。”我不知道她这是习惯性行为还是想调侃一下。我们都笑了起来,然后我从她手里接过手机,说了声喂。

另一头没有声音,我便知道是霍丽。那天晚上,我想看书,却没法集中注意力。大脑飞速奔跑,每小时几百万里。

霍丽从卧室出来,挨着我坐在沙发上,把膝盖蜷起来贴在胸前。“你其实根本不喜欢她,”她说,“我真不理解你。”

我把书合上,塞在几个靠垫中间。“也许不是你所说的那种方式。”我说。

“还有什么方式?”

“我跟她在一起很舒服,”我说,“这也很重要。”

“你们俩在她家怎么都行。请别在这儿。你有你的生活，这我知道。但请别在这儿干那事。”

“一般不会。”我说。

她打量着这间公寓。自从差不多三年前我第一次坐在这里，它几乎没有什么变化。

“我一直有种奇怪的感觉，”她说，“就是你在做一件事，却只有一半的心思在做它，你明白吗？你的另一半在旁边看着？你知道那种感觉吗？”

“应该知道。”

“就好像你被困在一个装满镜子的房间里。这样说明白了吧？或者，是我失去理智了？”她微笑着说，笑容忧伤而迷惘。

“我认为你没有失去理智。”

“但愿变老并不意味着这样浑浑噩噩地度过余生。”

“我敢肯定不会。”我说。

“我现在总是想起以前的我。那时候我真是太不懂事了。想起那个我就让我受不了。”

“我当时觉得那个你很漂亮，”我说，“很聪明。我喜欢听那个你说话。你让我想到一些我在遇到你之前从未想过的事情。”

“我想，我读了那么多愚蠢的德国小说，应该从里面学到了点东西。”

“去年冬天太可怕了。”我说。

“我已经厌倦了糟糕的感觉。这一点可以肯定。”她又一次打量着这间公寓，然后盯着自己的手，盯了似乎很长时间，“我大概是世界上最敏感的人。请你相信，我不是在表扬自己。我讨厌这样——每时每刻敏感地意识到自己在做什么，这并不是件愉快的事。"

"我相信。"我说。

"我的大脑一直在转。也许我就是个不可救药的唯我论者什么的。不知道你能不能理解我说的这些话。"

"我认为我们多多少少都是这样。"

"迈尔斯死后,我对什么事都没有了感觉。可是,今天感觉又回来了。我可能把自己惊到了。这么长时间以来,我第一次又变成了我自己,不再心心念念地想着我多么悲伤,不再注视着自己受煎熬。你知道这是怎么回事吗?"

"我很想知道。"我说。

"就是因为电话那头的笑声,是它给了我那种感觉。我听见你的声音在笑我。"

"真是太抱歉了。"

"这我知道。但我告诉你这点不是因为这个。我告诉你这点是因为那笑声让我感到嫉妒。让我想到了我们。"她抬眼看着我,"你可能觉得很意外吧。"

"确实有点。"我说。

她探过身来吻我,暖意瞬间袭来,驱散了我心头的阴霾。

我身体里的每个细胞都跳动着对未来的期许。我觉得情绪大受鼓舞,便碰了碰她的面颊。当我想解开她的衬衫和牛仔裤时,她没有拦住我的手。我们在我睡觉和曾梦见过她的那张沙发旁的地板上做爱,然后我把她抱进卧室,和她再次做爱。我的内心充盈着喜悦。我曾经几百次幻想和霍丽做爱,幻想她不穿衣服的样子,幻想我们在一起会做什么,幻想她是否会应我的要求做某些事,但是跟我们在一起时那种亲密无间的感觉相比,之前所有的幻想都弱爆了。

半夜,她从床上起来了。我睡觉容易惊醒,伸手一摸,发现她那边空了。我听见洗手间的门关上。一分钟后，抽水马桶放水，但她没有回来。

“你没事吧？”我说，站在洗手间门外，感到迷茫、疲倦，但仍然无比欣快。我想，我们刚才所做的事使一切都迎刃而解，一切都得以澄清。其他所有的事情都放下了。我们所分享的，是那样自然、完美和迷人。当我把她拥入怀中时，我知道这是我生命中最美妙的一刻，然而此刻，我却感到担忧和万般懊悔。我把门推开。她坐在浴缸边上，仍然赤裸着身体，用双手捂着脸。

“怎么了？”我问。

“不知道。我就是不知道自己是怎么了。”

第二天晚上，霍丽又让我上了她的床。我们带着兴奋的战栗，比前一晚更加热烈地做爱。然而事后，同样的忧郁再次袭来。霍丽变得疏离、烦恼，随即又向我道歉。这次没有上次严重，时间也稍短一些。但仍然看着令人揪心。她在痛苦，而我不知道如何安慰。我不能明白，我们一起做了那么重要的事，共同体验了那么震撼的感觉，她怎么还能像这样重新沉陷于自我。

随着时间的推移，我们做爱之后她的恐惧和抑郁在逐渐减少。我认为她在跟某种折磨她的东西抗争。一天晚上，我在黑暗中醒来，发现床上又只有我一人。被子被掀起，霍丽的枕头在地板上。她在客厅，戴着耳机坐在唱片机前。房间里一片漆黑，只有她脸旁边的立体声音响的蓝光一闪一闪，她的头随着我听不见的某个旋律微微摇晃。我当时就想，如果有人像她爱迈尔斯那样深深爱着我，那是一种什么感觉呢？

第二天夜里，同样的事情又发生了，第三天夜里也是一样。这成了一种经常性事件，一种神秘的仪式。经常我半夜醒来，摸到身边空无一人。我便站在卧室门口，注视着她在黑暗中听音乐。后来我也数不清多少次看到这一幕了。我从未惊扰她。我知道她和迈尔斯在一起，想念他，试图把他拉回来。早晨，唱片机上永远都是那张水孩子乐队的唱片，就是迈尔斯死的那天夜里我们听的那张。他仍然和我们一起在那套公寓里。我是通过每天晚上发现霍丽在客厅才真正理解了这一点。

* * *

迈尔斯死后一年多了，我和霍丽仍然以某种形式在一起，可能还试着快活起来，共享生活——这难道不是值得期待的，难道不是他希望看到的吗？我们不可能做任何丑陋或有失恭敬的事。我们是他最爱的两个人。我认为他不会把幸福的机会从我们身边夺走。过了好几个月，我们才能够在做爱之后一起躺在床上，像夫妻一样说说我们自己，而不再感到世界会在我们头顶垮塌。

霍丽第一次谈到要出国去写硕士论文时，没有提及迈尔斯的名字。她在西德看到了机会。我们都知道，我们永远会把蒙特利尔跟朋友的死联系在一起。我们都越来越清楚地看到，这座城市里永远保有那段往事，因此离开的念头便越来越强烈。我们目力所及之处都有他的影子，街道、咖啡馆、我们三个人合住的那套小公寓。他是一个我们需要逃离的阴影。

晚上，我教完课回家，经常发现霍丽穿着睡衣，蜷缩在沙发上看书，咖啡桌上放着一支铅笔和一个打开的笔记本。我凑合着弄点吃的，她便会用德语大声朗读。我一个字也听不懂，但依然仔细听着，喜欢她的声音和她脸上生动的表情，我经常问自己,什么时候我们的朋友才会彻底离去,让我们俩独自在一起。

*　　*　　*

我们于一九八七年秋天飞往西柏林,住在一套四层楼上的小公寓里,没有电梯。客厅的窗户俯瞰下面的那条小街。楼下有一个学生酒吧,每天早晨我都看见一个矮墩墩的胖女人,穿着蓝色的罩衫和阿迪达斯跑鞋,飞快地跑过门前的人行道。晚上我们光临酒吧,一边喝着超大杯的啤酒,一边注视着一群群的学生。每张桌上似乎都在讨论某个至关重要的话题。脖子上缠着阿拉伯头巾的年轻男子,抽着手卷雪茄,散发着传单,呼吁大家关注他们热爱的事业。

过了几个星期,终于有人招呼我们参加其中一场圆桌讨论,从北美人的角度发表观点。一张张脸热切地凑了过来,可是面对那些问题我既没有立场,也没有论点。我没法谈论军备竞赛。我对桑地诺民族解放阵线、巴勒斯坦解放组织、团结运动和波兰造船厂也缺乏坚定的立场,没法表明态度,支持这方或者那方。我的语塞不是因为冷漠,而是深知情况复杂,令人困惑。我始终有一种隐约的想法,却一直不能看得很清楚,我觉得我们谈论的话题核心会衍生出许多真相以及数不清的偶然性。即使是确凿无疑的事实,其中心也存在着危险、空想和盲目。一天晚上,我试图跟三个学生分享这一解释,他们立刻指出这种想法是道义上的怯懦,并把它等同于瑞士的中立立场,和战前德国民众的沾沾自喜。我努力把自己的想法说清楚,却再没有人邀请我参加讨论了。

白天霍丽都在学校里写论文。她的导师是一个来自德累斯顿的严肃的老绅士,名叫施莱伯,教现代德国哲学。在十一月一个雾蒙蒙的下午，霍丽介绍我们认识。

“你是这里一家唱片公司的英语教师？”他说。

“不错。”我说。

我们来了几个星期后，我被一家小型语言学院聘用，他们跟许多大公司都有协议。其中就有一家跨国唱片公司。两个星期后，我的一个身为高级执行官的学生把我拉到一边，建议我们甩开中间人。他少付点，我多挣点。

“你喜欢柏林吗？”霍丽的教授问道。他的下唇微微颤抖，右手拿着一个破旧的公文包。他大约快七十岁了。

“这是个令人兴奋的城市。”我说，“是的，我喜欢。”

“柏林就是新的加拉帕戈斯①，”他说，“是一座居住着一批有魅力的新型德国人的岛屿。”

我爱上了德国人用我的语言跟我说话的方式。完全没有我所听到的英语里的那些习惯用语和陈词滥调，他们不会像英语母语者那样使用不成形的思想或含义模糊的措辞。夜里我跟霍丽一起去酒吧和派对时就注意到了这点，人们谈论柏林墙、绿党或罗纳德·里根，我发现我为他们清晰的表达方式深深叹服，同时又对他们断然绝对的观点不敢苟同。

我每星期四天去唱片公司，那三个小时的大部分时间都跟我学生的秘书操练日常对话。公司的高管很少露面。我在那里翻看报纸杂志，慢慢喝我那瓶软饮料，等待某位高管招手叫我进他的办公室，帮他学习一些动词词组，直到别的更有趣的事情吸引他的注意。其中需要帮助最多的是一个名叫马赛

① 加拉帕戈斯，亦即科隆群岛，隶属厄瓜多尔，位于南美大陆以西一千公里的太平洋面上，群岛面积七千五百多平方公里，由海底火山喷发的熔岩凝固而成的十三个小岛和十九个岩礁组成。

尔的巴黎人,我们作为局外人,经常津津乐道地在一起编派德国人性格中的怪癖。

雇我的那个人叫罗尔夫,四十七岁,喜欢一边用英语跟我谈论他的生活,一边眺望办公室的窗外,注视下面的停车场。他已婚,有两个孩子,却无法阻止自己三天两头地跟妓女睡觉。他跟我说这些时毫无悔恨之意,似乎这是世界上最自然的事。我没有把自己的嫖娼故事告诉他,因为那没有什么可炫耀的。想起那晚的经历,我只感到尴尬、别扭,我竟然允许自己被拖进那样一个境地,觉得必须甚至被迫要把戏演下去。但罗尔夫却为睡过众多妓女而感到得意。他每个月都要旅行一两次,回来后便大肆吹嘘他全身趴满应召女郎的故事,那通常是在摄政旅馆、格劳乔夜总会或某个没有特色的万豪酒店。他是个矮个子男人,一头银发,详细地讲述最近这次旅途中发生的性行为,不管是在汉堡、纽约还是阿姆斯特丹。在我看来,他叙述这些经历时并没有丝毫快感和性能量,更像一个兄弟会男孩在吹嘘自己能活吞多少条金鱼。

当我不在三位高管的办公室陪读,也不跟那些秘书闲聊时,就会在二楼自助餐厅的窗边找一张桌子坐下,磕磕绊绊地学着说几句德语。我工作中遇到的那些人英语说得都很好,用不着我费劲去说德语,但餐厅的员工就不一样了。他们只会说一点点英语,所以直到今天,我说得最好的德语就是餐厅里使用的那些实用名词和动词。不跟人结结巴巴对话的时候,我就坐在那里,看着停车场那头一个玻璃铝合金小收费亭里的那个值班员,或者读点什么,在纸上涂涂画画,心里一直在想,学习一门新的语言就像攀登一座高山。

停车场值班员是个土耳其人,名叫格尔坎,德语似乎说得很好。他在德国已经十六年了,每天把那个红白相间的杆子抬起又放下，只允许付钱的雇员和有登记的访客进入。整天被关在玻璃匣子里的人，若是今天就会打手机解闷了，但当时不行。格尔坎是一座孤岛。他把自己的岗位称为查理检查站①。

我在一天夜里醒来，看见霍丽站在我们卧室的窗口，手里拿着一张纸，我想也许是一封信。早晨，我在她枕头下发现了那张纸。是迈尔斯贴在蒙特利尔客厅墙上的埃兹拉·庞德的那首诗。这时我才开始明白，霍丽永远不可能离开那个地方——因为我的存在不断使她想起我们曾经失去过什么。问题出在我身上。有我在她身边，她永远不可能打破悲伤的模式。每当她看着我，就会想起我们的朋友，想起他们在一起的生活。我想，其实我早就知道需要怎么做了，只是不愿对自己承认。这件事的意义让我感到恐惧。我千方百计把它推到一边，等待着，给自己找借口。然而总是被拽回到同一个结论。我必须离开。我爱霍丽，并深知我会永远爱她。但这爱怎么也比不上纠缠着她的那份忧伤来得强烈。

我们站在勃兰登堡门②的前面时，我对她说我必须离开。但没有告诉她真实的原因。我说，我感到焦躁不安。我正在经历某种蜕变。

“你真是个怪孩子。”她说。

小雪在我们周围静静飘落，雪花在她的头发里和面颊上融化。

---

① 查理检查站，在冷战期间是非德国人在两个柏林之间通行的关口。

② 勃兰登堡门，位于德国首都柏林的市中心，最初是柏林城墙的一道城门，因通往勃兰登堡而得名。现在保存的勃兰登堡门是一座新古典主义风格的建筑。

“也许去西西里。或者摩洛哥。”

“我脑子很乱,但你知道我爱你,”她说,“你知道我愿意跟你在一起。”

“我知道。”我说。

“也许去突尼斯。如果我是你,就去突尼斯。”

“好吧,我就去那儿。”

“等你回来,如果我是你就跟我结婚。”

“我也会跟你结婚。”我说。

“突尼斯。”

“我都不知道那儿的人说什么语言。”

“突尼斯语?”她说。

“它可能像任何地方一样,适宜去挖掘人生的那些基本的道德要求。”

她掐了一下我的胳膊,笑了:“这一篇怎么也翻不过去了,是吗?”

她在蒙特利尔快餐店向我推销的那套康德哲学,我偶尔还会拿出来取笑她一下。但它们同时也开始对我有了重要意义。

我用双手捧住她的脸,亲吻她。“我可能很快就会回来。”我说。

第六章

这样结束，是一种懦夫的做法。我没有告诉霍丽我永远也不可能回来，因为我无法相信我自己。于是她在那里等待，而我踏入生活的激流，从她身边被卷走，直到多年之后的那天在多伦多再次相遇。离开她之后，我每一天都在想她，却没有给她打电话。这是最要命的。问题出在我身上，我让自己离她越远，就对她越好。我爱霍丽，这本身就成了我们需要逃离的阴影。

那是一九八八年的三月中旬，白天很短、很冷，满目凄凉。我在阿姆斯特丹和巴黎花时间写了一些没有寄出的明信片，喝了许多廉价葡萄酒，最后在一连串的荷兰小镇游逛。在其中一个小镇里，我在酒吧遇到一个医科学生，他说准备去科斯塔布拉瓦①，跟朋友们一起突击十天准备终考。他说如果我帮他分摊油钱，就可以让我搭车。第二天早晨，我们在小镇广场碰头，他的车已经做好跑长途的准备。一路上我们不停地说话。我爱着一个姑娘，可是她跟我在一起永远不可能幸福，我告诉他，因为我使她想起生命中一段忧伤的日子。快到旅途终点时，他问我准备住在哪里。我说打算在公共汽车站或

---

① 科斯塔布拉瓦，西班牙一个海滨城市。

公园凑合几晚，最近几个星期我一直是这么做的。他对我说，我即使不被杀死，也会被抢个精光。

我在海边一座别墅里住了几天，别墅属于那星期在那儿复习的一个姑娘的父母。白天我不打扰任何人，兀自在村子里溜达，试着看看书，眺望大海。不管看到什么，我都会想起霍丽。我离开后就没有跟她通过话，但我终于还是寄出了一张卡片，告诉她我一切都好。我没有告诉她我在哪里，有什么计划。实际上我没有计划。多年来租住那座别墅的形形色色的人留下了一堆书。大多数是德语的，但也有一格书架上是英语小说、诗歌和翻译作品。早上十点到下午三点，别墅里阒无声息。我坐在俯瞰加泰罗尼亚山丘的一把躺椅上，发现了赫尔曼·黑塞①，他的作品让我想起自己心灵遭受的痛苦。他能理解。我几乎能感觉到他从书里伸出手来。既然另一个人能明白我的感受，而且把它表达得这么好，说明我并没有失去理智。我从未经历过那样深切、那样惨烈的心痛，差点掉转身奔回她身边。然而我知道，我心里对霍丽的这份感情，正是令她痛不欲生的东西。

在别墅里住了几晚之后，我搭车一路往西，来到西班牙北部沿海，在一个名叫桑坦德的小城落脚。我在市中心一套通风良好的公寓里租了一间房，十五分钟就能走到海边。公寓的主人是个护士，被人称作太太。她不在医院上夜班的时候，就坐在小厨房的暗处，抽烟，没完没了地玩单人纸牌。她独自抚养一个儿子，名叫巴尔多梅罗，虽然她还在工作，但需要时

① 赫尔曼·黑塞（1877—1962），德国作家，诗人，一九四六年获诺贝尔文学奖。主要作品有《彼得·卡门青》《荒原狼》《东方之旅》《玻璃球游戏》等。

常接纳房客以补贴家用。她是个漂亮女人，约莫三十出头，但浑身笼罩着一种忧郁和暮气沉沉的气息。她家地板上散发着漂白剂的味道。她的妹妹也是个漂亮女人，住在同一层楼的走廊那头，给外甥准备晚饭，照料他按时上床睡觉。

我告诉房东太太，我在城里一家语言学院学习，其实我早就不是学生了。我在蒙特利尔的时候就已弃学。现在我整天在街上游逛，找便宜餐馆吃饭，暗自揣摩离开霍丽是不是正确的选择。我真的可以肯定我就是那种把她拖入深渊的抑郁情绪的根源吗？巴尔多梅罗十二岁，住在我隔壁的房间。我不知道我的房间里以前住过谁，也不知道谁是男孩的父亲。凌晨，我有时听见太太下夜班回来，给自己沏一杯茶，然后她儿子的弹簧床垫吱吱作响，她躺到儿子身边，叫醒他起床上学。

跟柏林的冬景不同，我的窗户对着城市的主干道，一条长长的步行街，两边是棕榈树，树下摆着货摊和桌子，上面支着蓝色油布或透明塑料做的临时遮阳篷。有时，我在窗口期盼着霍丽，似乎她会过来告诉我，她所感受到的痛苦是值得的，只要能跟我在一起，她什么都能忍受。这难道不就是爱的代价吗？在脆弱的一刻，我寄出了一张明信片，告诉她我在哪里，但没有提及我什么时候回去。

几乎每天都在下雨。每当雨变小了或彻底停了，小贩们就会一窝蜂地冒出来，摆出装在鸟笼里的兔子和金丝雀，或一桶桶的康乃馨，步行街上人流拥挤，城市充满活力，春光明媚。在大多数日子，我一早就离开公寓，在城里探索游逛。我很快就找到港口，沿着海岸走三四个小时，再走回来。第二天我去了火车站，看着那些非洲人贩卖晶体管收音机、盗版磁带和木头做的小象、长颈鹿。在多云的大西洋天空的衬托下，他们的皮肤黑得像墨汁一样，警察一来，他们瞬间消失得无影无踪。

几分钟后又会出现，拿出他们的商品，重新开始叫卖。

我发现一家像样的图书馆，里面有很好的英语作品，我读了奥尔德斯·赫胥黎①、阿瑟·库斯勒②和一本精装的《丧钟为谁而鸣》③。这本书我以前读过，但我又把它从书架上取下来读了一遍，想象着马德里北部山区的松树林，心中百感交集。那是一种多么浪漫而危险的感觉啊，我意识到这是我跨越边境进入西班牙的部分原因。办借书卡需要正式的西班牙官方证明文件，因此我不能把这些书借出去，但图书馆里暖和而干爽，我坐的窗口能清楚地看到公园和一座树木覆盖的山丘，有时山丘会被大西洋的氤氲雾气所笼罩。

我到那儿几个星期后，在学生聚居区认识了一个名叫卡门的姑娘。她当时跟另一个姑娘一起站在“魔术师酒吧”，那几天我经常去那里。她们身后的砖墙上贴着斗牛、滚石乐队的大幅海报，以及迈尔斯·戴维斯④怀抱小号的一张黑白照片。我喜欢那天夜里酒吧里放的音乐，现在已不记得是什么了，声音很响，每个人都在说话、争吵，把烟头扔在石头地面上踩灭。我白天基本上都是一个人，特别渴望结交朋友。我从未感觉那么孤独，一夜又一夜，我在这条街上来回徘徊，希望碰到一个能够交谈的人。我看着迈尔斯·戴维斯的那张漂亮照片，几乎等着他抬起头来朝我微笑，这时卡门和阿兰特拉注

---

① 奥尔德斯·赫胥黎（1894—1963），英格兰作家，著名的赫胥黎家族最杰出的成员之一，代表作有反乌托邦小说《美丽新世界》。

② 阿瑟·库斯勒（1905—1983），英籍匈牙利作家，有代表作《隐性写作》《中午的黑暗》《来来往往》《中的三矢》《渴望的年代》等。

③ 《丧钟为谁而鸣》，美国作家海明威于一九四〇年创作的长篇小说，以美国人参加西班牙人民反法西斯战争为题材，是海明威的代表作之一。

④ 迈尔斯·戴维斯（1926—1991），美国爵士音乐大师，素有“黑暗王子”之称。

意到了我。我鼓起勇气,走过去做了自我介绍。

“你喜欢爵士乐?”卡门用英语问。

我一时间受宠若惊。也许这意味着我看上去有那种气质。“其实算不上,”我用英语告诉她,“我只是喜欢那张照片。”

两个姑娘中卡门比较漂亮,但她为自己往里缩的牙齿感到难为情。每次微笑或大笑的时候,她都要赶紧用上唇包住牙齿。她非常爱笑,看得出来,是个善良和性情快活的人,想要过得开心。其实,卡门吸引我的正是她的嘴巴。那天晚上,她们问了我许多问题——我的家乡是什么样子,我对西班牙感觉如何,我接下来要去哪里。我已经好几个星期没有跟人这么对话了。

那时候,我在唱片公司挣的钱已经快花光了。我每天只吃一顿饭,在卡萨·马里亚诺,那是我能找到的最便宜的餐馆。木头横梁,地板上有锯木屑,每餐都送半升葡萄酒,但我从来不碰。霍丽无时无刻不在我的脑海里,我不能再因为中午喝酒而让自己情绪低落了。

吃过午饭,我走向港口,去往车辆渡船停靠的地方,那是我见过的最大的一艘船。我愿意在那里一坐几个小时,想着霍丽或我在魔术师酒吧认识的那个漂亮姑娘,听那些从船上下来的英国乘客说话。

傍晚回到公寓,我听见房东太太和她妹妹在厨房里交谈。我进去时她们都没抬头,我尽量悄没声儿地闪进自己的房间。有一两次,我跟房东太太和她儿子一起坐在客厅,我看着一个古色古香的镜框里的照片,上面是一个年轻男人抱着一个孩子——大概是巴尔多梅罗和他父亲。不知道他是死了还是跑了,我也不便多问。但我记得他相貌平常,有点呆滞和严肃,有一双阴郁的眼睛。他的黑眉毛和圆鼓鼓的脸我后来在西班牙北部逐渐看惯,他眼睛里那种疲惫的神情也是随处可见。

我和卡门、阿兰特拉开始经常见面,一般是晚上,在这样的日子,我整个白天都期待着夜晚的到来。每当看见她们熟悉的身影在傍晚的烟雨迷蒙中朝我走来时,我心中便升起希望,觉得我会和这个地方发生某种小小的联系,然后姑娘们向我招手,我便重复那几句问候语,暗想亲吻这个害羞而美丽的姑娘会是什么滋味。

她们俩都喜欢谈论西班牙男孩。据卡门说,西班牙男孩自私、傲慢,认为女孩欠他们一切。阿兰特拉说他们都是母亲带大的,所以对女人特别依赖。两个姑娘都不想跟他们发生任何关系。卡门在大学里学习法语和德语,阿兰特拉再过一个月就要从秘书学院毕业。记得当时我觉得她们的生活比我有规划、有条理得多。卡门通常都很紧张、兴奋,说话语速很快,每个问题后面都加上一个否定词,似乎准备听到不可避免的反驳。你今天过得很开心,不是吗?你们国家的人都很严肃,不是吗?她有一头褐色的直发,一个坚挺、完美的鼻子,肤色白皙。她总是面带微笑,跟她的朋友不同,阿兰特拉谈论着毕业后要去德国。

一天傍晚,我看见阿兰特拉在梅内德海边从一个鸟贩子手里买了一只金丝雀,那里离我的公寓只有一个街区。那天雾气浓重,我正往家走去,整个白天几乎都在图书馆绞尽脑汁地写一封信——寄给霍丽的唯一一封信。我终于鼓起勇气向她解释了我为什么离开她。当时,她已经寄了四五封信过来,每封信里都提到要来看我,询问情况如何,西班牙是不是像她想象的一样美妙。我会不会很快回信?是不是一切都好?她用蓝色的墨水亲笔写信,完美的笔迹我那么熟悉。这些信都是美丽的工艺品,信很长,有许多细节,是在白天或夜晚的不同时间写成的。现在要去上课了,回头再聊……然后重新开始写道,刚听完一个卡夫卡的讲座……每封信的结尾都要说一两句她当时在读什么书。我忍不住想起蒙特利尔墙上的那首庞德的诗。

我在想着刚刚寄出的那封信,在脑海里重写其中的某些部分,或把它彻底撕得粉碎,突然我看见一个头发花白的男人伸出胳膊,把那只鸟递给了阿兰特拉,黄色的小鸟头从他的指缝间冒出来。我停住脚步,注视着阿兰特拉,等着她给鸟儿放生的那一刻。不然她能拿它做什么呢?她从未表示出对鸟类或任何东西的兴趣,只一心想着要逃离这个阴雨绵绵的港口小城。可是我看见她转身而去,消失在了主干道的人群里。

我走向学生聚居区,在那儿一直待到午夜之后。我感到很难过。整个脑海里都是霍丽撕开信封,阅读我刚寄出的那封信。此刻我已不知道自己做的事是否正确。

几个小时后我回到家,发现房东太太在客厅里看电视。

"你好,"我说,"晚上好。"

"晚上好。等一下。"

"怎么了?"

"看着我。你看到了什么?"

"我不明白。"我说。

"一个干了十四年的护士。看到了吗?他们把我扔到了大街上。如今这个国家就是这个德性。"

"抱歉,"我说,"真是不幸。"我在那里又站了一会儿,不知道还能说些什么，“但是你会找到工作的，对吗？肯定可以。人们总是需要护士的。”

“这个国家需要的是第二个佛朗哥①，”她说，“我们需要一个强有力的男人。我这样的人被扔到大街上。是那些懦夫把一切都毁了。懦夫，不分对错，别人说什么就做什么。”

那天夜里，有人敲我的门，把我从浅睡眠中惊醒。我没有动弹，看了看床头柜上的手表。门把手轻轻转动，门被推开，一道亮光洒在我的床上。房间里一片寂静。我的心猛烈地撞击着胸腔。然后，门关上了，又过了片刻，我听见客厅沙发的弹簧吱呀作响，接着一切又归于平静。

第二天，我在图书馆待了几个小时之后，拿着一个三明治走到动物园，坐在一棵悬铃木下的板凳上吃了起来。这是一星期来第一个阳光明媚的下午。我没有仔细去想房东太太的处境，吃完三明治就背靠着板凳，享受阳光洒在我脸上的感觉，然后在动物园里走来走去，打量那些动物。到了北极熊那儿，我靠在防护网上，低头注视它们。只有两只北极熊。熊栏基本上是由天然岩石组成，直接建在峭壁上。两只熊能进入一小片沙滩，直接来自大海的潮水冲刷着它们来回溜达的那片地方。

那天傍晚，我跟卡门见面，跟她一起在港口来来回回走了五六趟。海面平静，也没有风，从一台看不见的收音机里传来一把西班牙吉他的哀怨琴声。我们去了附近一家熟悉的酒吧，喝了点酒。我送她回公寓时，天开始下雨，她停下来看

① 佛朗哥（1892—1975），西班牙内战期间推翻民主共和国的民族主义军队领袖，法西斯主义独裁者，西班牙长枪党党魁。

着我。

“我喜欢你①,”她说,“我喜欢你。你跟西班牙男孩完全不一样。”

“大概永远也不会一样。”

“也许这就是你离开原来那个地方的原因,不是吗?”

我告诉她,她也许是对的。

“那么你还会再待一阵吗?”

“当然会的。”我说,“这里雨水太多,但其他方面我很喜欢。大海真美。”

我们已经手牵着手,我吻她,说我愿意看到夏季的桑坦德,那时海滩上聚满了快乐泼水的家人和穿比基尼的姑娘。她掐了我一下,笑了,跟六七个星期前的霍丽完全一样,她对我说,可能我在本质上跟所有的西班牙男孩也没什么两样。

“那你就等着瞧吧。”我说。

回到家时,巴尔多梅罗已经睡了。刚才我把卡门送到了她的家门口,此刻我发现房东太太在厨房桌旁翻看一本杂志。她没有打招呼,甚至连头都没抬。我走进自己的房间,关上门,脱掉衣服,钻到床上,开始想卡门,想再过几个月桑坦德会是什么样子。接着我想起了霍丽,兴奋的感觉便消失了,我还像以前一样忧郁。我听着外面又开始下雨,心里盘算着那天花了多少钱。这至少能让我不再去想女人。

心绪烦乱中,我从床上起来,坐在了写字台旁,从这里能看到外面阴雨蒙蒙的林荫道。我打开最上面一层抽屉,里面有我的旅行支票,夹在一本西英词典里。词典还在,但支票不见了。我出门走到厨房,告诉房东太太有人偷了我房间里

① 原文为西班牙语。

的钱。

“这不可能，”她说，“没有人进去。”她刷地翻过一页杂志。

我对她说，我需要把钱找回来。

“我不是贼，”她说，“街上有贼，但这家里没有。”

“我所有的钱都在那个桌子里。”

“你把欠的房钱还了，然后就走人。”

我走进自己的房间，心想有没有可能是我弄错了。把支票拿走却忘了？然而事实毫无疑问。钱就是被偷了。我等待着，心里盘算该怎么办，天快亮时，我摸黑收拾好我的包，蹑手蹑脚地溜出了房间。房东太太的门关得紧紧的。我把耳朵贴在门上听了听，然后从壁炉架上摘下那张父子俩的照片，塞进我的背包。房东太太的小包挂在前门旁的一个钩子上，我在里面找到了她的钱夹。里面没多少钱，但我也都拿走了。

雨已经停了，空气潮湿而寒冷，街道上仍然空无一人。我走到卡门的公寓前，站在街上望着三楼的窗户。我不知道哪扇窗是她的，它们全都黑着灯。

到了火车站，我发现那伙非洲人等在公用电话亭旁。我取出照片扔进了垃圾箱，然后把镜框拿给他们看。

他们互相传来传去，连连摇头，似乎这是他们见过的最劣质的假银器。“不行，伙计，不行。”其中一个耸了耸肩说。最后，那个卖盗版磁带的人叫我挑十盘磁带，算是公平交易。我对他们说我需要比塞塔①。他们又商量了一番，又把镜框传

① 比塞塔是西班牙及安道尔在二〇〇二年欧元流通前所使用的法定货币。

看了一圈,最后我用它卖了一千比塞塔,还不到十个美元。其实它远远不止这个价,他们却还假装送了我一个人情。我买了张车票,搭第一趟火车离开了那里。

第七章

二〇〇五年十月一个刮风的日子，我问希拉里是否愿意参观一下我的新学院。希拉里就是我那年秋天跟锡克商人说过话后在咖啡馆试图搭讪的女人。她坐在央街星巴克的那幅毕加索绘画下面，小口喝着一杯拿铁。"几星期来你一直在听那噪音，"我说，"怎么样？"其实敲敲打打、乒乒乓乓的声音持续的时间比这长得多，自从第一次见面后，我们之间的关系热络了许多。

"那上面听起来像在打仗。"她说，把一绺散发拢到耳朵后面。

我带着她穿过迷宫般的锯木架、涂料桶和延长电线。教室初具规模，石膏墙也砌了起来。已经可以清楚地看到几个星期后这里将是什么模样。

"是个大工程呢。"她说。

我带她看了我的办公室，窗外就是学院街。

"明白，老板看到的风景总是最好的。"她说。

"不然怎么行呢。"

我带她到处转了转，然后锁上门，一起来到楼下的大象城堡酒吧，要了饮料和一份粟米脆饼。她只喝吉尼斯黑啤酒，她说——自从几年前去过一次都柏林后就是这样。

“那是个奇妙的地方。最近这些年我每年去两次。”

“我猜你在那儿也建了一所学院?”

我一歪脑袋,耸了耸肩。

“好吧,好吧,大亨先生,”她说,“你还有什么征服世界的计划可以让我知道呢?”

那天晚上我们一起回了家,不久,两人就建立了一种舒适的固定关系。我感觉她内心和我一样孤独。她用一大堆的迫切需求来掩盖这一事实:出版自己的论文集,到她任教很长时间的成人学校去救场——签了协议的,在她看来是一种“扶贫”——在大学里找一份全职的院系工作。在之后的几个星期里,我听说了她在高中爱上的那个名叫汉斯的男生。他们结婚后,汉斯成了一名警察,总是给她讲一些段子,比如警察局为了恶作剧,把尿液注射进橘子里,就好像她能从中发现幽默似的。他们竟然让他那样的男人佩枪,太可怕了,她说。她毕业三个月后就嫁给了汉斯,当时她十八岁,然后在二十三岁的那天离开了他。她对我说,她再也不会犯那样的错误了。

“你是说嫁给一名警察?”我问。

“我是说嫁人,句号。”她说。

离开汉斯后,她去印度参加我们都听说过的那种灵魂静修之旅。不同的是,她从这次旅程得到了一些收获。加入了德里的一个非政府组织,在那里待了三年。她以前从未见过那样的事情,她说。

“贫民窟吗?”我说。

“贫民窟很可怕,但我说的不是这个。那里的非政府组织相互竞争。不久我就发现,我们为了完成同样的工作,总是在争夺资金和地皮,彼此钩心斗角,背后下刀子。当时我以为印度就是那样。之后,我回到这里,拿到学士学位,又拿到硕士学位。可是六年后我仍然放不下这事，就又离开了。这次去了菲律宾。我爱菲律宾，虽然那里也是同样的情况，为每个美元、每片土地打得头破血流，跟印度没什么两样。大多数非政府组织的求生本能都是一样的。至少我知道的那些。他们几乎忘记了自己的初衷。本末倒置，让机器保持运转成了他们的目的。”

我欣赏她的坚定和理想主义，这些都半隐半藏在生活的沮丧和挫败带给她的麻烦感之下。她在奥盛顿大道一个十人写作班里有一张书桌。不教书的日子，她多半骑车到那里去，钻研学问，一点点地推进她的文章，直至完成。我读过其中一篇，复杂得令人难以置信，通篇都是图表和图形，用以说明我无法理解的论点。我有很强的商业头脑，但对这些东西简直一窍不通。我相信她最后能进普林斯顿大学。

那年的秋天和冬天，她几乎每星期五都在我那儿过夜。我们下班后在咖啡馆碰面，骑车往西进入小中国城，买一些海鲜，回去在我客厅的沙发上亲热一番，然后一起做晚饭，她给我解释她白天钻研的那些重要的经济思想。我则试图把这些跟我在创建语言学院时学到的东西联系起来，她礼貌地听着，也许点点头，说　句：“是啊，没错，确实这么回事。”但我总觉得，她认为实际的生意场多少有些玷污她所感兴趣的那些模式的纯洁性。

她还喜欢谈论她的朋友，特别是她和汉斯关系结束时陪伴她的那三个朋友。她对那些闺蜜特别上心，那年秋天我在学院街一家莎莎舞俱乐部见过其中两位。对于去俱乐部，我并没有多少热情，但觉得作为一个跟少妇睡觉的老男人，这是我应尽的义务——现在看来这想法有些荒唐。结果还不算太糟，但我相信自己是出了洋相。波拉和丹妮艾尔整晚都带着我学那些舞步，旋转，示范，像溜溜球一样忽进忽退，用她们汗津津的酥臂搂着我。“你在马德里生活了多久？”丹妮艾尔在音乐声中大喊着问道。我颇费口舌地告诉她们，马德里跟莎莎舞没有任何关系，但她们不信。

当晚几个小时后，希拉里半裸着身子坐在我卧室，眺望着窗外的街区。开始下小雨了。“有一件好玩的事你知道吗？”她说。

“跟我说说。”

“我们从不吵架。我和汉斯。好像一次也没吵过。我只是发现他不是我想要的人。那不是我的生活。你能相信吗？”

“当然。”

“我曾经那样不可思议地爱慕他。爱得那么强烈，简直能尝到那感觉。我甚至愿意为那个男人去吃玻璃。然后，突然就不喜欢了。”她顿了顿，望着漆黑的窗外，“他一点也没变，行为做派没有丝毫不同。变的是我。”

“初恋。”

“也许那是我们今生唯一的真爱。我不知道，但有时就这么想。也许在那之后，我们只是在试图寻找自己失去的东西。”她看着我，脸上带着忧伤的浅笑，“承认这点或许太令人沮丧了。希望你别介意我这么说。”

我明白她想表达什么。她说的是，在心碎、背叛第一次出现，或自身的局限初露端倪之前，你所存有的那份希望。那时你心中只有那种完美的冲动，想跟某人分享一切，没有羞涩，没有委屈，也没有约束。她说的是从前的我们和现在的我们之间的差异，以及当爱结束后，留下的地方变成一片空茫的灰色，令我们始料未及。

随着节日的临近，我的心情开始振奋。我准备回家过圣诞节。回到多伦多后就没见过艾娃，通常只是每星期通一两次话。在一个下雪的夜晚，我在厨房墙上那张挂历的相应格子里画了九颗绿色的星星。每颗星星代表我将在马德里跟女儿度过的一整天。

出发前的那个星期，我和纳特带两个男孩去了小木屋，就是我来的第一天他给我看的漂亮画册里的那座小木屋。虽然实际上没那么大，但充满了野趣，裸露的椽梁，古朴的双层床，有你对湖边小屋所憧憬的一切。屋里有一个很大的石头壁炉，我们一进去就给它添了柴火，窗外能看见湖和对岸的常青植物。下午，我们在湖面的积雪中铲出一方空地，滑冰一直滑到天黑。不知道那年冬天纳特的狂妄自负跑哪里去了，但我欣赏他身上保有的那份自信，以及他把困难推到一边，继续前进的能力。我认为他可以成为我自己在困境中的一个榜样。他和孩子们在那里玩得非常开心，在溜冰场上追跑，把他们扔进柔软的雪堆。我们的父亲以前也这样跟我们胡闹，那样的时刻，其深意是无法用语言表达的。我看在眼里，喜在心头，想起父亲也曾是这样，充满活力，跟爱他的人关系亲密。

我以为纳特终究会很好——他那争强好胜的天性会使他立于不败之地，比如他在幸福中还残忍地决意要去揭莫妮卡的疮疤。纳特和他长子之间的事肯定会解决。在北方小木屋的第一个夜晚我是这样想的。他和提多闹纠纷有一段时间了，但两人的关系总会修复的，当太阳缓缓沉入树梢后面时，我知道事情正在好转，至少眼下亲人们团聚在一起，而我有幸成为其中的一部分。

我们从小木屋回来的那天下午，伊莎贝尔给我来了一封电子邮件，告诉我她要和男朋友帕布鲁带艾娃去巴黎过圣诞节。我盯着电脑屏幕，把邮件又看了一遍，然后站起来，随手操起一件东西——一个咖啡杯——往墙上砸去，杯子在圣诞节日历上爆裂。

“去你妈的。”我说，伸手去拿电话。

我听着电话铃声，希望接电话的是帕布鲁，这样我就能大骂他是个白痴混蛋，对他说别看他现在风光，可是等着瞧吧，小子，你总会遭报应的。早晚有一天，你会领教到这个阴险荡妇的蛇蝎心肠。哦，没错，先生，你就等着瞧吧。然后，他会把电话递给伊莎贝尔，伊莎贝尔主动承认我一直是对的，没有任何过错，是她一系列数不清的错误和不当行为导致了这场家庭悲剧，是的，去巴黎过圣诞节是她最糟糕的一个主意。

然而是她本人接了电话。

“你没权利。听见了吗？”我说，“根本就没权利。别以为我会让你得逞，想也别想。你知道这叫什么吗？这叫诱拐儿童。绑架！她也是我的女儿。我们讨论过的。”

“只去四天。别嚷嚷，不然我就挂电话了。”

如果有第二个杯子可扔，我肯定早就扔出去了。“四天？我已经五个月没见到女儿了，你认为这不算什么？如果你想玩这种游戏，我们俩都不会有好结果。”

停顿了一会儿。我看着圣诞节日历。上面滴着咖啡。杯子在厨房地板上摔得粉碎。

“你忘记了一点，”她不动声色，却杀人不见血地说，“抚养女儿的是我，不是你。离开的是你，不是我。”

她知道我在愧疚的汪洋大海里沉浮，巴不得把我的脑袋摁下去，让我明白搭上飞机一走了之的是我，不是她。

“这简直是不可思议。”我说。

“问题根本不在帕布鲁。你知道的。”

“让女儿接电话。”我说。

半分钟后，女儿的声音充盈了我的心房，我真想扯开我的胸膛，像个八岁女孩一样哭喊。

“你好，老爸。”她说，这大概是世界上最甜蜜的两个词了，“你听说了吗？”

“你要去巴黎了。”

我从没像那时刻一样真切地感到自己处境的无奈。我被蒙住眼睛，而且孤家寡人，就像双手被捆绑着在打仗。

“香榭丽舍大街，埃菲尔铁塔，图画上见过的所有美景！是不是很美妙？”

“当然美妙。你真是个幸运的姑娘。多么好的城市。”

“你不会反对的，是吗？”

“去巴黎过圣诞节——谁会反对呢？你在开玩笑吧？”

“你没生妈妈的气，是吗？”她说。

“我？当然没有。”我说，转为西班牙语，并把额头靠在厨房的碗柜上。我早就发现说西班牙语比较容易掩盖我的谎言。

“妈妈叫我挂电话了，”她说，“好吗？”

“好的，亲爱的。”

“好的，老爸。”

两天后，她从帕布鲁位于巴黎圣米歇尔大道的寓所给我打电话，说的是法语。电话那头似乎是个机灵的小导游，不停地夸赞某个以前未被发现的新王国的魅力。我配合着演戏，用我差强人意的法语应付着，提些问题鼓励她往下说。

“是的，小姐，那么你喜欢街上跟着手风琴音乐跳舞的那些小猴子吗？”

“哦，喜欢。还喜欢它们的小帽子。”

“还有它们手里敲的铃铛？”

“那是小手鼓，先生。”她说。

她的法语发音优美，说到帕布鲁的房子时，还好心地把地址告诉了我，她把那里形容成一个城堡，气派典雅，比她在马德里的房子大五倍。说能从她卧室的窗户看见埃菲尔铁塔。她那天去了卢浮宫，逛了城市的地下墓穴。最过瘾的是帕布鲁那天早晨带她们去无限制地疯狂购物。我把牙齿咬得咯咯响，对她说，看来在巴黎过圣诞节像是美梦成真了。

喝了三小瓶威士忌，心不在焉地看了一部电影后，我在谷歌上搜了圣米歇尔大道帕布鲁那座房子的街景。在人行道的人群中有一个骑蓝色自行车的少女，一刹那间，我以为是艾娃。根据画面上的日期，那是春天，离这个囚禁着我的隆冬差着两个季节呢。可是一看见那个女孩——她娇嫩的面颊，长长的黑发里冒出的耳朵尖——我的心就狂跳起来，一股强烈的、不知来自何处的希望冲上心头，我呆呆地看着那个不是我女儿，却可能是我女儿的女孩，陷入了沉思，满心希望那就是她，好像在揣度我自己的一个美妙而缥缈的复制版。

第二天早晨，我打电话订了机票，然后留下一张纸条，把事情告诉了希拉里。我坐在机场大巴的后排座位上时，给纳特拨通了电话。

“嗨，兄弟，怎么样？”他说。

我把情况跟他说了。

“去吧，老虎。”他说。

我去办理登机手续，为自己的应变能力而情绪大振。我是固执的。我要表明自己不会被玩弄、被糊弄,也不会轻易退缩。在圣诞节那天看到女儿是我的权利。办好手续后,我掏空口袋,通过了扫描仪。由于我只带着随身行李,就看见那个让我通过第一道安检的职员跟两个操纵扫描仪的人对了一下眼神。我解开皮带,皮带扣是一块朴素的长方形不锈钢,几乎不可能让机器报警,于是我顺利地通过了 X 光检查。那一边的职员用手提式金属探测器扫过我的胳膊和腿时,也没有发出哔哔声。然而,世界似乎发生了变化,不再能够容纳做父亲的一时冲动,飞到另一个国家去看女儿了。也不再相信有人会当天早晨买票,只带一个手提包就去旅行。我重新系好皮带,收拾起口袋里的东西,继续往前走,可是刚才见过的两个职员摁了一下自动扶梯,带着我顺原路返回。片刻之后,我坐在房间的一个隔间里,面对两个男人,他们因为圣诞前夜还要上班而闷闷不乐,而我被困在这里,再过一会儿就要错过航班,也感到大为恼火。

“好吧,让我们看看。”第一个男人说,一边翻看着我的护照,“看样子你经常旅行啊。”

另一个男人站在他右边,看上去不像搭档那样以刁难乘客为乐。

我告诉他,我开办了五家国际语言学院,出差是我工作的重要部分。

“是吗?”他说。

“你能告诉我出了什么问题吗?”

他似乎没兴趣回答这个问题。

“这是圣诞前夜,”我说,“我要登上这趟飞机。”

“巴黎有什么? 我这么问没关系吧?”

“有我女儿,”我说,“随便问,没关系。”

“去探亲,是吗?”

“是的。”

他继续翻着护照:“你女儿叫什么名字?”

“艾娃·贝罗斯。”我说。

“她住在巴黎,是吗?”

“只是去旅游。她和她母亲住在马德里。”

“这些都是临时旅行计划?一时的心血来潮?”

“她母亲和我不在一起生活,”我说,“我正在适应环境。”

他抬起头,笑了。“很好,”他说,“答得不错。你去年在伊斯坦布尔。”

“是的。”

“那是怎么回事?”

“我开办了五所语言学院。我告诉过你——西班牙三所,都柏林和多伦多各一所。我经常出差。”

“你跟著名的恐怖分子有联系吗,贝罗斯先生?你现在或以前有没有跟恐怖分子打过交道?”

我实在忍不住了。“拜托,那只是我前妻。”我说。

他又笑了。“明白了。”他说,微微歪了歪脑袋。

“从来没有过。”

“除了你的家务事,没有别的吗,贝罗斯先生?”

“太荒唐了。你明知道是这样。”

“你知道我们担心什么。”

“我在回答你的问题。我每年飞行二十次,过去十五年差不多都是这样。我怎么可能突然想要在飞巴黎的时候把飞机炸掉呢?”

我意识到这于事无补。

“谁也没有说到炸飞机的事。”他说。他看上去并没觉得好笑。他一开始就不苟言笑,此刻显得更严肃了。他拿着我的护照离开了房间。另一个人陪我待着,双臂抱在胸前。我注视着墙上挂钟的指针越来越接近我的航班停止登机的时间。我朝看守我的人笑了笑,想象着他把我拖进某个黑牢,今后我听到的人类的声音只有隔壁牢房传来的绝望的惨叫。

另一个职员拿着我的护照回来了,他把护照递给我,扶住门。“去巴黎过圣诞节,”他说,“你是个幸运的人。”

我重新进入热闹的机场大厅,腋下都汗湿了,膝盖在发抖,勉勉强强赶到我的登机口,只提前了两分钟。

圣诞节的早晨,我在戴高乐机场降落时,天还没亮。途中我睡了一两个小时。心在胸腔里狂跳,眼睛刺痛,远远地看见机场后勤车在停机坪来回穿梭,闪动着红色的信号灯。外面似乎寒冷而阴湿。我打开手机,拨了伊莎贝尔的电话,却被转到了语音服务。过了海关,我又打了一次,然后搭一辆出租车前往圣米歇尔大道,这时太阳刚从笼罩城市的厚厚云层中升了起来。银色的阳光照着道路,照着灰色的建筑物,出租车朝我的目的地驶去时,我开始怀疑艾娃也许并不在那里等着我。此前我根本没想过这点。如果他们去了乡下,甚至返回了马德里呢?没人能保证我知道去哪儿找她。一时间,可怕的剧情充斥了我的想象,我担心自己再也见不到女儿了。我问自己,他们是不是真的绑架了她,把她带到一个陌生的地方,重新开始生活?

我让出租车司机等着,我闭着眼睛俯在对讲装置上,几乎是一种祈祷的姿势。我不知道如果遭遇这样惨烈的拒绝,我该如何面对。随着对讲机细弱的嗡嗡声传入大楼的内部,我开始看清了自己荒唐的处境。我差点转身走回出租车,突然一个熟悉的声音传了出来。

“老爸？不会真的是你吧？”她用西班牙语说，“抬头。抬头。看摄像头！”

艾娃的声音像静脉滴注一样在我的血管里流淌。

“必须是我呀，小花生。”我说，抬起头朝她灿烂地一笑。

“哦，天哪。你上来吗？来吧，来吧。帕布鲁正看着我笑呢。”

我当然没兴趣去见那个男人，是他把我那分居但尚未离婚的妻子和女儿弄到了巴黎。“我是过来看你的。我换个时间再跟他见面，好吗？快下来吧。告诉你妈妈我来了，我想带你出去逛逛。我想带你在巴黎炫耀炫耀。”

我双手插在口袋里，笑微微地看着坐在那头墙边红沙发上的老妇人。她腿上抱着一只灰猫，一动不动，只有蛇一般的猫尾巴偶尔甩一下。“新年好①！”我说，她耸了耸窄窄的肩膀，又把注意力转向了猫。

片刻之后，女儿出现了，我把她抱起来，腾空转了一圈，她小时候我就经常这么做，经过多年的操练，这种问候方式我已非常熟练。双手抓住她的胳肢窝，连跨三步完成一个漂亮的旋转。

伊莎贝尔抱着双臂站在一边。她首先是感到惊讶。同时也很生气，因为我找到了他们在巴黎的藏身之所。不过在当时的我看来，她也非常地佩服我，竟然煞费苦心地连夜乘飞机赶过来，就为了跟女儿共度这一天的一段时间。在肾上腺素和咖啡因的激励下，我既亢奋又得意。大堂外面的天空阴云密布，看样子至少会有一两场阵雪，我的这次闪电式探访，让

① 原文为法语。

她母亲跟这位西班牙大人物的结合可能带来的任何礼物或排场都相形见绌。

“这件事我们过后再谈。”她说。

我用胳膊箍住艾娃的脑袋，假装跟她玩夹头式摔跤。“我盼着呢。此时此刻，这家伙需要一大盘鹅肝酱。我要把这只小鹅喂得肥肥的。”

伊莎贝尔站在大楼门口，目送着我们离开。很快我们就坐进出租车，在巴黎城区穿行了。我感觉自己像是刚刚偷袭了敌人的仓库，正带着抢来的王冠逃跑。我叫司机带我们去巴黎圣母院。

“你肯定会喜欢他的，”艾娃说，“他许多事都能说出个一二三。”

“你是指妈妈的新男友？”

“帕布鲁。是的。”

“这让我很高兴。你妈妈应该找个好人。”

“她以前选择了你。”

“是的。”

“帕布鲁嫉妒你呢，老爸。”

“我想这意味着他和我有　点共同之处。”我说。

“你嫉妒他吗？”

“嗯，你妈妈是个值得追求的人，对吗？”我说，“帕布鲁运气不错，能追到她。”

艾娃转脸望着窗外的街景。“我认为你说的不是真心话。”她说，仍然面对着车窗。

“我为什么不说真心话？当然是真心话。”

“如果你真这样想，就不会去加拿大生活了。”

“我当然要去啊。我在那儿办了个新学校呢，记得吗？

那占用了我很多的时间。所有的时间。”

“你以为我很笨，”她说，终于转过来看着我了，“你以为我就是个小笨蛋，你可以随便骗着玩儿，你说什么我就信什么。”

艾娃还没说完她的想法，我闯进巴黎时高涨的肾上腺素就一下子降到了最低点。

“不是这样的。”

她做了个尖刻的鬼脸，然后又转向车窗，注视着外面掠过的美丽街景，思索着可悲的现实让我们在一个凄惶的圣诞节置身于异国他乡的这辆出租车里。我感到不堪重负，好像整个世界都压在了我身上，因为艾娃是对的，从这个新的角度来看，我们生活的这道脑筋急转弯似乎比前一天更加费解了。我伸手拉开放在脚边的手提包，掏出一件礼物。

“差点忘了，”我说，“圣诞快乐。”

“你时机掐得真准。”她尖刻地说，从我手里接过礼物，放在腿上没有打开。

“这是我给你的一份承诺。”

“我以前得到过几个。”她说。

“请把它打开。”

她故意不让自己的兴奋流露出来，用一个手指勾到包装纸下把它扯开。“哦，哇。一本书。”她说。

“这本书里写着承诺。写着明年夏天你过来时我们要一起看的东西，一起做的事情。快，翻到书签标着的那一页。”

这就是我六个月前到加拿大第一天在纳特家里翻看的那本画册。艾娃翻开来，找到了我哥哥小木屋的那张照片。

“看见了吗？”

“是一座房子。”她说。

“没错，是一座房子。但也是未来。是明年夏天你来看我时要去的地方。这是你大伯的小木屋。到时候我们都上那儿去。”

照片是傍晚时从湖上拍的，小木屋周围是一片北美短叶松，窗户反射着金色的夕阳。前景是个白色小船坞，有一只独木舟停靠在那儿。

“他很有钱还是怎么着？”

“肯定是有点钱的。你看见拴在左边那棵树上的那个轮胎了吗？”

“可以荡秋千，是吗？我在电影里见过。”

“你也可以荡。”我说。

这个早晨巴黎的街道上几乎空无一人。路灯柱上挂着花环。一辆摩托车突突突地驶过，载着驾驶员和乘客前往某个季节性的约会地点。

“你可以在那儿整天游泳、看书。他们还有一个水上摩托艇和一艘汽艇。不过你可能更喜欢独木舟。让我看看。嗯，不错。你绝对是个独木舟女孩。你可能都不相信，照片上看到的这片湖水——我上星期在那儿时全都冻得硬邦邦的。”

“你上星期去那儿了？”

“一片白茫茫。雪没到你的膝盖。”

“我不相信。”她说。

“我们说的可是加拿大呀。”

“你见过北极熊吗？”

“没有北极熊。但我们可以订购几只。”

“冰厚吗？”她问，脸上有了笑容。

“厚？我们在上面滑冰来着！”

我知道，作为一个在马德里长大的孩子，这听起来太奇妙了，就像我在她这么大时听说骆驼的感觉。

“那肯定很带劲儿。”她说。

“你会喜欢的。这也是一个承诺。”

“你忘记了一点。”

“什么？”

“妈妈肯定不会让我去的。我才十二岁。而她自己肯定不愿意去那儿。”

“嗯，也许是的。可是你明年夏天就十三岁了，是一位法定的少年了。到时候就该你来告诉我们做什么了。”

“说得像真的似的。”她说。

“你就等着瞧吧。”

“好吧，也许你不记得了，我的生日是在夏天结束的时候。”

在下一个十字路口我们下了车，顺着圣日耳曼大道走了几个街区，我的手提包挂在肩膀上。等红灯的时候，艾娃用手挽住了我的胳膊，我把她搂在怀里，亲了亲她的头顶。

我们在一家小咖啡馆吃了油酥点心和热巧克力，然后靠在圣母院石桥的栏杆上，注视着观光小船在下面开过。

“你会在那里认识某个人，跟她结婚，组成新的家庭，”她说，“然后你就会把我们忘记了。”

“你真的是这么想？”

她耸了耸肩：“不知道。这种事太常见了。”

“对我来说不可能。一百万年也不会。看见那条船吗？”我指点着说。

“怎么啦？”

“我就像那条船。”我说。

“你真逗,把自己比作一条船。”

“在巴黎市中心航行过之后,难道还想去世界上别的地方航行吗？我就是这样想的。”

第八章

回到多伦多后，我觉得情绪振奋，也就是说前些日子占据我心灵的负罪感和不安暂时隐到了幕后。我知道在巴黎短暂的阴郁时光并不能改变这样一个现实：我女儿生命中的光阴正在一点一滴地流逝，而我却不在她身边，她每星期都可能发生某件至关重要的事，却只能通过 Skype 向我述说。当然，早在我和她母亲开始商量我返回加拿大的可能性时，我就意识到所有这一切，至少在某种程度上。当时，结束婚姻、重获自由等激动人心的想法，在我们俩头脑中膨胀，提供了最后必要的动力。那种飘飘然的状态并没持续多久，我很快就意识到，我所做的只是用一批挑战代替另一批挑战，而且，我几乎不能确定其中哪一批挑战更有意思。我发现自由是个空乏的词。按我的标准看，它是世界上的语言中最危险的一个词，至少当涉及丈夫和妻子时是这样。从怀特霍斯①到阿尔布开克②，它都是一种无休止的纠结，一种虚幻的承诺，一种疾病，阴魂不散地萦绕着卧室和早餐桌。当我下定决心离开时，以为一

---

① 怀特霍斯，又称白马市，是加拿大的一个城市，育空地区的首府。

② 阿尔布开克，是目前美国新墨西哥州最大的城市。位于新墨西哥州的中部地区，横跨格兰德河两岸。

切皆在掌控之中，现在看来这种自信实在令人惊讶。

回来几天后看见了希拉里，她扔给我一份迟来的圣诞礼物。她注意到了我留在房间里的那些素描本，把它们收集在一起，扎上一个圣诞节的蝴蝶结。那天下午，我翻看着那些画，仿佛是第一次看到似的。我认为有些画还蛮不错的。我从小就一直在画的那个人物，是偷工减料地抄袭了沃里①的形象，他大部分时间都踩着滑板车穿越到离奇的场景中——抢劫银行，入侵太空，地震。希拉里在礼物包里还放了一张收据，是市中心一家社区大学的为期十周的漫画课。（她付的钱数被涂掉了，旁边画了个笑脸。）她告诉我，即使我不喜欢那个课，不得不退掉，她也不会往心里去。她说我最近看上去压力很大，认为这样的活动或许能帮助我舒缓情绪。

一月的第二个星期，新学院迎来了盛大的开业典礼。我安排几位代理和代表飞过来参加仪式，做了一个小报告，然后是丰盛的宴会，一直持续到深夜。报名的学生大多来自西班牙和日本，还有几个来自墨西哥和韩国。入学率百分之二十八左右，但这才刚刚起步。第一个冬季学期是试营业，之后将会平稳过渡到夏季的高峰期，报名参加那时候课程的人数已经很可观了。

我每星期工作五天，加班加点，把自己的奇思妙想付诸实施，培训员工。欧洲的几所学校也需要打理。星期六早晨，我醒来发现希拉里睡在身边，感觉到新的美妙胴体与我相偎相依，一时间我便会想，也许这样就很好，也许我已经打碎了多

---

① 沃里，英国著名插画家马丁·汉德福德的少儿书籍里的主人公，他总是穿着件红白相间的长衫和帽子，手持根木手杖并且戴着副眼镜。他总是容易遗失他的物品，比如书本、野营工具，甚至是他的鞋子。

年来一直折磨我的抑郁消沉，过不了多久就会把那个享受一年潇洒单身生活的梦想变成现实了。

对我们来说，星期六早晨的时光很美妙。中午之前不需要去任何地方，我们就半裸着在屋里半躺半卧，依然睡思昏沉，并不急着醒来，然后，准备一顿奢侈的早餐，在房间里意想不到的角落里做爱，在淋浴间为对方搓背，就着第三杯咖啡翻翻报纸的商业版面。星期六下午希拉里在湖边的一个健身房里有动感单车课程。她走后，我就查查邮件，看西班牙有没有发生什么事，如果一切正常，我就步行到纳特家去看看情况如何。

如果提多和奎因跟他们的母亲一起过周末，我就骑车去市中心的基督教青年会，那儿离学院只有几个街区，我在三楼砸那个拳击练习袋，直到下颚开始隐隐作痛，后脑勺也产生那种刺痛感。几个月前，我把指关节磨坏了，之后就戴上了手套，但我还称不上一个拳击手。不过，绕着拳击袋跳跃时，我的心脏跳得比我做任何事情时都更有力。有时那些真正懂行的人会过来施展身手。他们在运动衣外面套着塑料袋，以适应在拳击场上将会感受到的极端温度，他们移动双脚双手的动作那么优美，那么有节奏，我可以一连看上几个小时。其中一个名叫弥尔顿，二十八九岁，个头矮小，肌肉发达，皮肤黑得像我早年在西班牙把偷来的镜框卖给他的那个男人。他靠在墙上给双手缠胶带，一边注视着我。

“你练这个多久了？”他说。

我告诉了他。

“好吧，伙计。看我来。”

于是我退到一边，他一点点地向我演示我哪儿做得不对。

“好了。看着，你应该这样……不对，不对，不是那样，哥们儿。你没听见我说吗？来，兄弟。再来一遍。”

在砸拳击袋的间隙，我经常靠在栏杆上，俯看健身房一楼的篮球场。总有孩子在下面练习打板投篮或跆拳道。我大汗淋漓，气喘吁吁，好像刚跑完十公里，我会这样注视别人一两分钟，然后又开始拳击，一直坚持到打不动为止。我会连续出击十分钟或十五分钟，肺里像着了火似的，全身似乎有电流通过——那是一种奇怪的、麻酥酥的感觉，以前从未有过——最后我蜷缩在墙边，大口喘着粗气，警觉地告诉自己，我不能就这样瘫倒在地，死在一堆陌生人面前。当心跳终于慢慢恢复正常后，我换衣服去游泳池，一直游到筋疲力尽，连从池子里爬上来的力气都没有了。

我的第一节漫画课是在一月底一个星期三傍晚，就在学院正式开张后不久。那天我加班到很晚，然后竖起衣领，冒着大雪走了十个街区，前往阿德莱德街的设计学院。当时我很累，状态不佳，在脑海中搜寻有关我女儿的快乐记忆。记得我好像是刚把在城里逗留一夜的那个日本联络人送上飞机。身心疲惫，脑子晕晕乎乎，只想回家倒在床上。不过我得试一试，就为了不辜负别人的美意。然后我就把课退了，给希拉里买几十朵玫瑰花，带她出去吃顿晚饭，让她知道她的心意我领了。

我穿过教室走廊，找到第二画室。班上共有七个学生，最有才华的是一位身材高挑苗条的克罗地亚姑娘，名叫苏瓦达，约莫三十五六岁。她一身黑衣，在画板上创作出令人难以置信的作品，画面上是狙击手藏在教堂塔楼或旅馆房间里，小孩子和母亲在街上捡柴火。在我看来，关于这个世界我们谁也没有她想表达的东西多。整个十个星期我都没有听她说过两句话。在那第一天，我注意到她在画室里打量裸砖墙上贴的那些图画，之后老师就走进来，开始分配画架。

一开始我以为文森特也是学生。他留着尖尖的胡子，手指修长，年龄估计快六十了。那天晚上，他自我介绍时跟大家挨个儿握手，说期待跟我们合作。第一节课快结束时，我决定坚持把课上下去。

文森特经常先拿出一些喜欢的绘画或连环漫画，解释它们的独特之处。他说，我们每个人心里都有一幅完美的画作，但只有才华出众、受过训练的人才能把它展示出来。这样的开场白之后，我们便开始做一些素描练习，他则在画室里走来走去，在学员后面俯身问他们具体想表达什么。我们大多数人都对绘画并不陌生，知道只有那个克罗地亚人才真正有才华可以展示。有一次，文森特拿苏瓦达的作品作为出色使用透视法的范例。苏瓦达的这幅画上，狙击手的一颗子弹旋转着朝看画者飞来，我简直没法挪开自己的目光。文森特从来不谈剧情或布局。那是漫画书的范畴，"你们大多数人还不能驾驭。"但他喜欢问一些这样的问题："这个人在做什么？"或"这个脑袋为什么这么小？"我猜想他这种社区大学的老师有一份稳定的工作，侥幸躲过了经济崩溃，在灯火通明的地下画室里辛勤工作到深夜，创作一部史诗般的漫画杰作。可是他从不把自己的作品带到班上，他告诉我们，他不喜欢谈论尚未完成的作品。

四五个星期过去了，三月初的时候，我看见他从更衣室出来，脖子上已经戴上了红围巾，头上套着一顶黑色羊毛帽，耳朵露在外面。他右手拎着一个背包。

"这节课上得真好。"我们走过惨白的走廊时，我说。

"班里有几个有天赋的画家。"

“但我估计没有斯坦·李①。”我说，一边戴上自行车头盔，在下巴底下扣好搭扣。几个星期前我看见一个送快信的人骑车之后就买了这辆车。自行车行的那个人告诉我，这个城里的摩托车手像苍蝇一样纷纷坠落，脑袋压扁，股骨断裂，胳膊粉碎。

“这么冷的天还骑车啊？”文森特说。

“反正住得不远。”

“坚持下去，”他说，“运动是个好习惯。画家很少爱运动。”他打开玻璃门，看着外面的阿德莱德街，“你喝了一两杯啤酒还能骑车吗？”

“应该没问题。”我说。希拉里那天晚上要过来，但一大早还与人有约。我给她打了电话，说要跟图画老师喝一杯。十分钟后，我就坐在了酒吧里，面对一个水族箱里五彩斑斓的热带鱼，听文森特说话。

他谈到一些我从未听说过的画家、流派和风格。我对这些都没有自己的看法，但尽量跟上他的话题，私下里还感到受宠若惊，他竟然这么看重我，愿意跟我聊天。最后话题转到了一般的聊天上，上世纪九十年代，他在旧金山生活，做广告工作。我简单跟他说了说我在西班牙的生活，我失败的婚姻，我美丽的女儿，以及那些语言学院。我递给他一张名片，他兴味索然地看了看。

“真不错。”他说，把名片还给了我。

他多年来参与了许多志向高远的宣传活动。不得不承

---

① 斯坦·李(1922—　)，美国漫画创作者、演员、编剧，他创作了《神奇四侠》《蜘蛛侠》《钢铁侠》《雷神托尔》《绿巨人》《X战警》《奇异博士》《超胆侠》等漫画角色。

认，我对它们都没有印象，可能是因为我离开的时间太长了吧。他是五月份满六十一岁的，他说，心中每时每刻都在厌恶干广告的那十六年。十年前有过一次对癌症的恐慌，之后便获得了退出的勇气。不久之后，他的婚姻解体了。

“我们的关系比以前任何时候都好，”他说，“秘密就在这儿。趁早脱身。免得沉默变得有毒。”

显然，这个人从不回首往事。似乎他身体里没有怀旧的细胞，没有悔恨，没有活在过去。情况不错。他并不介意自己还挣着以前那一份钱，他说，而且他想念自己的儿子，我们说话的时候他儿子正在泰国当背包客，但这并不妨碍他换工作、走出婚姻。

“教书怎么样？”我说，“你喜欢吗？”

“当然喜欢。因为可以把我的知识和想法告诉别人，而不会惹他们生气。这在其他行业是绝对办不到的。人们通常听不进忠告，除非自己花钱去买。”

“必须承认你说得有道理。”我说。

我只能猜测在社区大学教书满足不了他的审美，因为文森特——从他在暗地里偷偷用功来看——把自己视为一名艺术家。但他上课时很快乐，专注地听我们某个人解释想通过邋遢的炭笔画表达什么。（实际上我们并没真正想表达什么，只是想在又一个平淡的星期三晚上让头脑清醒清醒。）他今晚看上去也很高兴，我掏钱包时，他碰了碰我的手，挥手叫来了酒吧侍者，一个大块头的红发姑娘。“这家伙以为你会收他的钱。”文森特对她说。

她说：“看来他对我们的文森特还不够熟悉，对吗？”

我真愿意在那里坐一整夜。她身上有一种酒吧侍者特有的亲和力，使人觉得她特别喜欢把啤酒从锃亮的红木吧台上推过来。我们身后的砖墙上装着喇叭，低声循环播放着八十年代的强力流行乐。

“那么，我们来扯平了吧，”我说，“再来两杯怎么样？”

“没意见。”文森特说。

侍者又把我们的杯子斟满。

“谢谢。”我说。

“不客气。”她说，然后到吧台另一端去招待一个驼背老头儿。有一条黄色的鱼像我的小指头那么大，围着一条紧贴着玻璃的鲶鱼，在水族箱的壁上啃来啃去。

“那你不后悔吗？”我说。

“你说什么呢？”他说。

“我是指离开你的前妻。”

“桥下的河水循环地流。”他咧嘴一笑说道，手指绕着啤酒杯的圆周画圈儿。

“你想听故事吗？”我说。

“人发明酒吧不就是为了这个吗？”

于是我跟他说了去巴黎过圣诞节的事，我说虽然回来时感到一切都好，但现在却是满腹惆怅和内疚，觉得自己的心都快爆炸了。那天下午，我把艾娃送回帕布鲁的公寓，告诉伊莎贝尔我已经答应艾娃明年夏天带她过来。我时机选得不对，谈判很不顺利，现在我怀疑自己把事情全搞砸了。

“绑架，是吗？”

“感觉像是绑架。其实这也提醒了我，在这件事上我根本没什么发言权。”

他点点头，大概想起了自己的生活，或者认为自己打开了一个盛满麻烦的罐子，巴不得赶紧重新盖上。他的脸色深奥莫测。“这也是没办法的事。”他说。

“我听着呢。”

“你需要把她接过来，”他说，“你必须让女儿融入你现在开始的这个新生活。这是基本的道理，天才。你现在是度假模式。这里的生活就是离家度假，一个无聊而惨淡的漫长假期，只有你女儿来了，才能证明不是度假。”

“我不知道那种事还能不能发生。”我说。

“为什么不能？”

“她母亲断然拒绝了。我在巴黎提起这个话头时，她看我的眼神就好像我疯了似的。”

文森特脸上一副迷惑不解的样子，好像他突然听到了另一番对话。“对不起，我不太明白。就因为她看你的眼神不对，你就放弃了？我没听错吧？”

“不像我说得这么轻松。”我说。

“你不打招呼就飞过去，让她看到你很有勇气。很好。做得不错。下一步是什么打算？”

“我恐怕没有什么勇气。”

“看你的脚步就很有勇气，相信我吧。你可不能犯那种错。不能那样。你得抓住这根树枝，把果子从树上晃下来。你听见我的话吗？你得表现得坚决一点。”

“这是专家的意见？”

“你最好相信。”他说。

那天夜里，我们在人行道上握手告别。下雪了，天空一片漆黑，周围的高楼暗影幢幢。文森特把羊毛帽拉下来盖住耳朵，说道，“晚安，查理。路上滑。你小心点。”

那天晚上，我离开市中心后，道路确实很滑，但我完全不当回事。闯了几个红灯，又在杰拉德路的马路牙上跳来跳去，然后飞快地朝议会街驶去，突然我的前轮陷在了有轨电车的轨道里，我一个倒栽葱，从车把上方摔了出去。我肯定瞬间失去了知觉。醒来时平躺在地上，只见街角路灯的橙黄色灯光里映出飘落的雪花。在离我脑袋近在咫尺的地方，自行车的前轮还在顽强地旋转。我猜想右肩膀可能断了。每次想动弹的时候，肩膀都疼得像刀割一样。我挣扎着离开马路，挪到人行道边。试了好几次才坐起来，这时我的肩关节也落回了骨臼里。

我到家时，希拉里还没有回来。我脱掉衣服，检查伤口，然后吃了三四片泰诺，爬到了床上。我想，肚子里有了两杯啤酒和那些药片，大概能睡个像样的好觉了。我没料到有人会在半夜三更给我打电话。

手机响的时候大约是两点钟。纳特有时喜欢在路上给我打电话，不是要过来住——他的两个儿子在他们母亲那儿过夜——而是让我知道他玩得多开心，或者相反，跟我大发牢骚，抱怨莫妮卡又做了哪些“臭不要脸的事”。我习惯于耐心地听他宣泄内心的块垒——大部分都是关于莫妮卡那个瑞典男友的，他怀疑那家伙越俎代庖，担当起了两个男孩父亲的责任。他当然没有什么证据，至少在我看来没有。我知道他们连面都没见过，但是他说起来有根有据，我估计其基础是两个儿子不小心透露的某些细节，以及他自己越来越强烈的冤屈感。

现在，他越来越频繁地谈到如今身为父亲的处境是多么不公——出庭，羁押，如此等等。他经常喝酒，势必破坏了他给别人的光鲜、文雅和随和的印象。不过，在发过一通牢骚后，他的情绪便会好转，我们会聊一些积极的话题，比如他跟客户在酒吧里痛快地畅饮，此刻正舒舒服服地在小船坞休息，沐浴在海湾的月光下——对于智慧过人，能掌控这一切的人来说,生活不是很美妙吗?他通常喝得半醉,我总是把他扳到正确的方向,希望他能情绪稳定下来,那是独自在街头所必需的,然后我们才终于结束通话。一般来说,他第二天或第三天打来电话时,对之前的谈话已经毫无印象,就像是我做了一场梦。

听到电话铃响,我立刻想象艾娃坐在马德里家中的早餐桌上伤心地哭泣,迫切需要跟我说话。还有一种可能。莫非是伊莎贝尔打电话来说我们的女儿受了伤害?所有这些都在电话铃的响声中闪过我的脑海,情急之下,我忘记了肩伤,猛然翻身,顿时那种剧痛再次袭来。

"那是谁呀?"我从希拉里手中接过手机时,纳特说。刚才我让肩膀归位,希拉里帮我接了电话。

"还能是谁呢?"我说,"是希拉里。你知道这是什么时间了吗?"

电话另一头没有声音,但我似乎能听到他在思考,也许在眺望温暖月光下的海景,抽着一支豪华的大雪茄。

"怎么回事?"我说,"你还好吧?"

"没事。我很好。"

"好吧,"我说,"我可以回去睡觉了吗?"

"跟你在一起的是希拉里吗?"

"什么意思?"

"接电话的声音像是莫妮卡。我听得出我妻子的声音。"

"我也知道你喝醉了酒说话是什么德行。"

"你在跟我老婆睡觉,是吗?"

"我挂电话了。"我说。

在寒冷的晨曦中,我怀疑他已经不记得那个电话了。我认为他当时也只是随便那么一说。他知道这些日子希拉里每星期在我这儿住两三个晚上，半夜三更帮我接电话的女人只能是她。我断定他要么是喝醉了，要么就是故意让我难堪，但我不明白他为什么要那么做。多年前他在马德里的时候也跟我们玩过这套把戏，一种莫名其妙的、无意义的纠缠，在我看来完全是没事找事。

他每次旅行回家似乎状态都很好。身体健硕、面带微笑地从机场大巴上下来，又恢复了当年运动员般的风采，似乎要向我或向他自己证明什么。他招呼大家玩传球游戏，然后在屋后的露台上喝两杯啤酒，这时候他便会告诉我，作为一个单身汉他过得多么逍遥自在，应该多年前就开始享受这种生活的。

我料想他是渴望回到青春年少。渴望阳光和蓝色的海水，渴望恢复当年的运动活力，以及结婚前的精神面貌。他很少谈论过去，但他的爱好和消遣都是一个永远难舍昔日美好时光的男人所拥有的。

他经常给两个儿子买礼物，给我捎一瓶红酒或干邑白兰地。作为交换，奎因会给他一记响亮的击掌或顶拳，然后把新拿到的签名足球或棒球手套跟自己收藏的宝贝放在一起。提多有一次和弟弟在我这里过周末，他表现得不像我知道的那样生他爸爸妈妈的气，而且最近在跟我们一起看梅尔·布鲁克斯[①]电影时露出了笑容，偶尔还说了几句积极的话，但是面对纳特，他却经常转动一下肩膀，冷笑一声，说起话来冷嘲热讽，令纳特无法假装听不见。“这么跟你老爸打招呼，真有意

---

① 梅尔·布鲁克斯（1926—　），美国影视领域的喜剧大师，代表作有《糊涂侦探》《金牌制作人》等。

思。”他会这样说，用更衣室特有的那种自嘲来掩盖愤怒和失望，“看这混蛋是怎么跟他老爸说话的?”

他从佛罗里达返回后上我这儿来，模样和举动也没有任何异样。似乎兴致很高，有讲不完的得意的新鲜事儿。我肩膀仍然不太舒服，跟他握手的时候，我准是疼得咧了咧嘴。“出毛病了，伙计?”他说。我几乎以为他指的是那个电话，以为他会一笑置之，说我是个一本正经的家伙，连玩笑都开不起。然而不是。他问我想不想开车去“瑞典人家”兜兜风。他总是这样称呼莫妮卡的男友。我想，只要不说出那个男人的真名，纳特心里就觉得好过一些。他几分钟后要去接儿子，所以问我愿不愿一起去。

开车过去只要十分钟，这么短的时间，只够车里的立体声音响放两首歌的，却足以让我哥哥的情绪明显变得沉默，充满了痛苦的焦虑。

我哥哥的情敌住在玫瑰谷小区，那里的房子都在两百万美元以上。显然，卡杰·阿道夫森比他成功得多，在商场和情场都把他打得一败涂地，毫无还手之力，当纳特把凯雷德停在马路边时，我问他是否感觉良好，他看着我，眨了眨眼睛，说：“舒坦，妈的没有比这更舒坦的了。”说着就按响了喇叭。

我应该料到会是这样的。他根本不打算敲门，而是从车里出来，抱着胳膊，用讥讽的眼睛看着那栋宫殿般宏伟的豪宅。那房子像一只灰色的庞然大物，周围景色优美，草坪上有一堵低矮的卵石墙与人行道平行。

我也下了车，跟哥哥一起站在寒风里。地上有积雪，天空低悬着沉甸甸的乌云。当时是下午三四点钟。纳特把手伸进车里，又按响了喇叭，终于，前门打开，奎因探身招了招手，又立刻缩了回去，片刻之后背着双肩包出来了，他戴着羊毛帽，穿着一件蓝色的滑雪衫。纳特搓起一个雪球扔了过去，奎因跳起来接住，又朝我们扔了回来。他坐进车里玩游戏机，一分钟后，提多出现了。我站在石墙的这一边等着，看见了他脸上带着犹豫和遗憾的表情转向母亲，似乎在重复他这个星期、这个月都在说的话：他不愿意离开。莫妮卡和他一起站在门口，我知道纳特也看见了，那一刻我对他的同情超过了这辈子所有的感受。他知道这一仗他打输了。儿子的表现已经说得再明白不过，当提多亲吻母亲，并和那个突然冒出来的男人握手时，我几乎真真切切地听见我哥哥的心死去了。

那次出差回来，纳特送给我一瓶十五年的单一麦芽威士忌。奎因拿到了“使命召唤三”。给提多的是某个著名选手亲笔签名的一根棒球棒。我们来到他们家，纳特拿出了这些礼物。提多用球棒轻轻敲着厨房的瓷砖，翻了翻眼珠，然后用海绵宝宝那种尖声尖气的怪嗓音说：“砸脑壳倒挺好使的。”

几个小时后，两个男孩在楼上看电视，纳特给莫妮卡打电话。我听着他们的对话，感觉我的心在担忧地狂跳。

“你是这么想的？”他说，“你认为一个孩子说出砸脑壳这样的话是他妈正常的？不！一点也不正常。后来我又听见——”

他突然挂上电话，嘴里骂骂咧咧，在房间里走来走去。

“会过去的，”我说，“我知道很艰难。”

“是啊。也许要等两个孩子长大，意识到他们的母亲是一个什么样的荡妇。我还要再忍受二十年。”

他心烦意乱，换了我也会这样，但我以为他会趁机利用这一点来为他说的莫妮卡跟我睡觉的那番话作辩解——说因为这件事搞得他焦头烂额。然而没有。他只是不停地大发雷霆，完全沉浸在看见儿子跟魔鬼握手的愤怒之中。

一星期后，我过去看看他们的情况。纳特在地下室收拾一个纸板箱，里面装满了我们小时候的东西和纪念品。

“阴阳魔界留下来的史前文物，”他说，“也许你想拿几件去看看。放在这里许多年了。”

我很惊讶我们的叔叔卖房子搬家时竟然什么都没扔掉，而且很有先见之明地把它们留给了纳特。我在箱子里翻找，随着每一个新发现而越来越惊喜。我的一本画满了画，变得鼓鼓囊囊的旧速写本，断了绳子的溜溜球，装着卵石和贝壳的玻璃罐，带香味的绿色的幸运兔脚，指南针，施德楼套装几何用具，破口哨，裂了缝的放大镜。所有这一切都像一个巨大的谜，让我根本无法理清头绪。还有一个皮钱包里装着希腊硬币，一本印章出版社出版的《哈姆莱特》，一顶适合十岁孩子戴的棒球帽，和一个玻璃镇纸，中间有一只红绿相间的钓饵苍蝇。箱子底部有一张《橡胶灵魂》唱片，封底写着熟悉的姓名缩写。我已经多少年没有看到它了。这张唱片是迈尔斯第一次去蒙特利尔前送给我的，当时我还在读高中，梦想着步他的后尘去读大学，开始我们人生的最大冒险。

那天晚上，纳特问我是否愿意帮他照看一下孩子——他有个燃情约会——我说非常乐意。他离开后，我们看了两部电影，吃了一份比萨，度过一个男生之夜。

我很高兴得知哥哥的生活中可能出现了一个新的女人。我知道认识希拉里对我产生了什么影响。即使没有治愈破碎的心，至少也让你转移了注意力，不再专注于生活中的苦难。我和伊莎贝尔不像纳特和莫妮卡这样激烈争吵，远远不是，但我知道我们之间的关系会改变、会恶化，而不稳定的家庭生活里注定会发生悲剧。

第一部电影看完后，我们扫荡冰箱，做了几个香肠芥末酱三明治。吃的时候，提多问我想不想看他哭出牛奶。我感到十分意外，问是什么意思。

“哭出牛奶，”他说，“真的。说到做到。”

“我花钱买票看。”我把五美元放在厨房的中岛台上。

他把杯子举到鼻子前，往鼻窦里吸了一点牛奶，然后放下杯子，用手指堵住鼻子，探身向前，使劲憋气，奇迹发生了，一滴白色的泪珠在他左眼角出现，顺着面颊滚落下来。他放声大笑，把钱装进了口袋。我大为震惊，既佩服又感到恶心。我对他说，他有了这个独门绝技，就能把世界踩在脚下了。“这能上电视呢。”我说。

早在看见提多跟卡杰·阿道夫森握手之前，我就注意到老爸不在身边时他会开心许多。我想把这归因于父亲和长子之间的某种生物学的斗争，但坦率地说，我并不清楚他们之间到底发生了什么。我总是趁纳特不在的时候对提多间接地称赞他的父亲，指出他之所以这么卖命地工作，都是为了他们，他关心他们的未来，时时刻刻为他们操心，巴不得赶紧回来陪伴他们。实际上我说的这些话，都是我希望某人能告诉艾娃的，解释我为什么在她生活中缺席。有时我甚至相信了自己说的话。我说这些道理的时候，提多只是做着自己手头的事，眼睛盯着电视或盘子里的食物，从不反驳我的那套说辞。有时他会耸耸肩，但总的来说对我的话没有什么反应，我也搞不清他是充耳不闻，还是在心里嘲笑我。奎因似乎不需要我的帮助。我知道他很尊敬自己的父亲。我哥哥并不经常在家，但一旦在家，他们就一起玩街头曲棍球，或在门前打篮球，奎因似乎只需要这些。这是纳特所擅长的轻松愉快的体育活动。奎因偶尔会把心中的疑问说出来,不明白爸爸妈妈为什么不能再在一起生活,为什么不能买一座更大的房子,这样两人的卧室就可以远远分开。听了这话,提多会说世界上不可能有那么大的房子。奎因从来没有认真谈论过母亲的男友,最多也就是说他喜欢去“仙境”。可是,在提多让牛奶从眼睛里流出来的那一刻,我清楚地看到他身上还保留着某种纯洁和单纯的本质,即使他恨爸爸,这种恨至少也还没有失去控制,变得一发不可收拾。他还没有被父亲的冷漠吓得无法享受这种无聊的小乐趣。我所需要的,以及他那天晚上所表现出来的,就是他少年身份的基本确认。他仍然是个孩子。

我对提多说,这个技巧我非学会不可,于是他向我展示了其中的奥秘。我和他弟弟奎因听他讲解,然后我们都试了试。牛奶像冰冷的手指一样顺着我鼻子往上蹿,那感觉令我无法忍受。就在它快要蹿到我眼球后面时,一大股鼻涕从我鼻孔里冒出来,流淌到桌上,逗得兄弟俩哈哈大笑,最后笑得在座位上直打滚。

可以肯定的是,再过十五年,他们会向妻子、女友或治疗师推心置腹,倾诉当年父母怎样灾难性地摧毁彼此幸福的希望,倾诉他们内心怎样苦恼纠结,对父母既恨又爱,在互相矛盾的一闪念中希望他们死掉,或再婚,或重新相爱。

我知道奎因和提多想要跟他们的母亲在一起。他们的爸爸远远居于次席,我开始怀疑他正在经历的事情远比婚姻结束更为严重,但具体是什么,我完全不知道。我猜想他在隐瞒他的破产或一次惨败的官司。只要他愿意说,我随时准备洗耳恭听。我知道莫妮卡的新男友是扎进他肚子里的一把干草叉,就像帕布鲁对于我一样。他唯一的解决办法就是鄙视莫妮卡，跟看见的每一个女人睡觉，我想他每次出差都是这么做的。也许在短期内他需要沉溺于某种暂时的幻想。最终他对莫妮卡的尖酸挖苦会渐渐归于平静，他会稳定下来，做一个内心怨恨，但表面平和的单身汉。

那天夜里他没有回家。我希望我这位闷闷不乐，但长期自私的哥哥，虽然经历了人生的种种逆境和不如意，却终于碰到了一个好女人。那天夜里，把他的孩子安顿上床后，我不是在给自己编织童话，而是真的对他充满信心。我想，也许他找到了一个女人，能够用恰到好处的仁慈和正能量来调教他，用温柔善良让他感到舒适和力量，而他也仍能给予对方一些积极的东西。

后来，快到两点钟的时候，有人敲纳特家的前门，把我惊醒了。我以为纳特把自己锁在外面了，就套上他的家常便服，下楼去开了门。不是纳特。

"你是纳撒尼尔？"男人说。他身材肥胖，大约五十岁，穿着一套体面的西装，翻领上插着一朵红色康乃馨。看样子是刚参加了一场豪华的盛会。

我对他说，这么晚了，你不应该跑到你不熟悉的人家来敲门。

他立刻嘟囔着道歉，转身走向停在马路边的一辆白色大型SUV，钻进去把车开走了。我目送着尾灯消失，然后来到楼上，开始窥探纳特的书桌、橱柜抽屉和卧室储藏间。我也不知道自己在找什么。脑海里闪过的两种可能性都让我焦虑不安。其一，这个男人是纳特那天夜里勾搭的某个女人的男友或丈夫。其二，我在寻找这位深夜房客想要的药丸或小塑料包。

"昨天夜里有人开着一辆白色的奔驰SUV过来。"第二天早晨我说。纳特坐在厨房中岛台旁发短信，身边是一杯冒着热气的咖啡。“你知道他想找什么吗？他把我当成你了。”

“一个瘦高个儿？”

“实际上是个胖子。”

他耸了耸肩：“不知道。”

我把迈尔斯那张《橡胶灵魂》夹在胳膊底下走回了家。我把唱片放在厨房流理台上，打了几个工作电话，想在脑海里安排一下当天的事务，可是我的思绪总是转到霍丽身上。多年后第一次见到她的那种魂牵梦绕，此时已趋于平和，但并未完全消失，它像一粒被掩埋的种子，而那张甲壳虫乐队的旧唱片就像一缕阳光，又让它茎叶蜷曲地破土而出。

第九章

我们得知提多逃课。他已经逃了两个星期的课,那天我上班时接到莫妮卡的电话,她说警察在央街抓住了他,就在语言学院往南几个街区。莫妮卡希望我过去,试着开导开导提多。纳特在出差——“不过他也不会知道怎么跟儿子谈话”——要周末才回来。于是我开车过去,敲响了他们家的门。

卡杰·阿道夫森面带微笑把门打开。“进来吧。”他说。我进去后,他关上门,伸手来接我的大衣。

“我不会待多久的。”我说。

“好吧,你想跟莫妮卡说话,是吗?”他用那种奇怪的单调口音说道。

他是个英俊的男人,有一双犀利的蓝眼睛,比我矮几英寸,已经开始谢顶。他留着金色发白的弗兰克·扎帕①风格的小胡子和山羊须,把你的注意力从他亮闪闪的秃顶上转移开。

自从答应给莫妮卡帮这个忙的那一分钟起,我就觉得自

---

① 弗兰克·扎帕(1940—1993),美国作曲家、创作歌手、电吉他手、唱片制作人、电影导演。

己像个叛徒,此刻这感觉更强烈了。跨过那道门槛,就辜负了我哥哥,使他有理由期待的我对他的忠诚打了折扣。这是一次经我同意的首脑会议,在敌国的领土上举行。就在几个小时前我还跟纳特通过电话,当时他已经到达中西部的某个机场,正在转机当中。当然啦,我没有提及那天晚上的计划,说我将站在瑞典佬的客厅里谄媚示好。现在我怀疑这是不是一种战略失误。我哥哥肯定会听说这事,得知我竟踏入那个拐走他妻子的男人家中,这肯定会使我回来后跟他建立的良好关系一笔勾销。他会把这看成是彻头彻尾的背叛,如果他在大西洋彼岸答应跟帕布鲁秘密碰头,我可能也是这种感觉。

门厅有一般人家的客厅那么大,中间最醒目的地方是一道通向二楼的旋转楼梯。我默默地站着等待,卡杰走到楼梯口,朝上面喊道:

"纳撒尼尔的弟弟来了。"

我听到莫妮卡的回答在楼上回荡时,心里翻腾起一种感觉,我只能把它形容为怀旧和懊悔。我听到的是一个已经在新生活里自在舒适的女人的声音。让我震惊的不是莫妮卡的突然变化——这么快就睡到了另一个男人床上——而是沉甸甸地压在我心头的嫉妒。眼前就站着这位得胜者,他是弗兰克·扎帕的秃顶翻版,也是我那位宪法法院律师的瑞典籍翻版,我哥哥每天夜里都在睡梦中对他开膛破肚,挖出他的心肝。

此时此刻,纳特可能正站在某个机场旅馆的窗口,充满深情地望着荒凉的美国,他被打败了。他只留下了我,他唯一的兄弟、最后的支持者。据他猜想,他妻子是在提多十岁生日后不久就开始背叛他的。他说他应该早就有所觉察的,可是却没有留意那些蛛丝马迹。他那长期脾气暴躁的妻子,突然没来由地变得笑容满面，其实同样的事情也发生在我的生活里，只是程度略轻一些。伊莎贝尔变得比以前任何时候都忙，尽职尽责地在委员会工作，参加各种大会小会，跟我不熟悉的朋友和我从没听说过的合作人一起吃饭到很晚，像电影明星一样忙得团团转，回家只是蜻蜓点水，迅速地换几件衣服。她把戏演得很逼真，使艾娃相信妈妈进入了人生一个富有挑战的、令人振奋的新阶段。我哥哥根本不知道莫妮卡在忙些什么，直到有一天出差回家，看见她的衣柜被拿空了一半。他说，当时他就坐在他们的床边哭了起来，但我怎么也没法相信这点。在我的故事里，伊莎贝尔把她的结婚戒指从手指上退下来，悄无声息地放在早餐桌上，说她有事要告诉我。

我发现提多和他妈妈坐在二楼他卧室的电脑前，在看YouTube上的视频，一些日本孩子骑着滑板撞在人行道和路灯杆上。他们招呼我进去，我和他们一起看了两段惊心动魄的灾难场面，然后，穿着牛仔裤和浅蓝色运动衫的莫妮卡领我走出房间，来到楼下。

"提多不想回他父亲的家里去，"她说，"他讨厌那儿。"厨房和客厅之间有个传菜窗口，我和莫妮卡在客厅面对面坐下。我听见冰箱的门打开，盘子碰得叮当响，知道卡杰就在后面的什么地方。

"我希望你能帮纳特做好心理准备。"她说。

"你想让我去告诉他？我认为我的身份不合适。"

"就是让他慢慢接受这个想法。我也说不清。他现在一看见我就破口大骂。"

她显得很不安，甚至有点害怕，我想，她向我提出这个要求也是难以启齿。

"我在考虑两个孩子，"她说，"差不多都是你在照料他们。这我知道。”

“也许提多只是需要时间。这事发生还没多久，是不是？”

“你知道你哥哥是什么德性。他不会改变的。”

这时卡杰走进客厅，递给我一杯啤酒。他那不自在的表情——强装笑脸——使我知道他很清楚把我叫来的目的。

“我哥哥可能不善于表达，”我说，“但他很爱这两个孩子。他只是——”

“爱孩子并不一定就是好父亲。”她说。

这是事实。你可以彻头彻尾地爱他们，心灵的每个细胞都充满了爱，但仍然是个糟糕的家长。你可能跟他们相处得很差，自己却不知道。我不知道这句话有多少是针对我的。莫妮卡当然知道我婚变的根本原因，但除此之外她可能还有自己的理论和推测。她是不是认为我像我哥哥一样冷漠和不负责任？我认为不会。我推断她可能并不欣赏我逐渐替纳特担当起了父亲的职责。她是否相信伊莎贝尔也曾叫我离开女儿的生活，就像她希望纳特离开儿子们的生活？这是一种令人不舒服的类比，是我之前从未想过的。也许她觉得我比较熟悉我们目前面对的困境。她是否认为我以前听到过这样的对话，现在可以把某些亟需的经验用于我哥哥的情况？

“奎因也是这种感觉吗？”我说。

“不是。”

我喝了口啤酒，靠在椅背上，仔细考虑了一番。“我去跟他谈谈吧。”我说。

“太好了。”

“我说的是提多。”

到了楼上，我发现提多仰躺在卧室地板上看书，他用两只手拿着书，把它像小盾牌一样横在他的脸和吸顶灯之间。他看上去很放松，被书里的情节所吸引，那是霍丽的作者、我们在九月书市上看到的那个年轻男子的最新作品。

“你好①。”提多说。

“你很有希望。”

“我要塔可钟②。”

“真了不起。”我说。

“是不是很棒？”他做了个鬼脸，放了个响屁，然后继续看书。我等着他停止发笑。

“听我说，提多，”我说，“你妈妈说你愿意留在这儿。我能理解。”

“哦，是吗？”

“你跟你爸爸相处得不太好。”

他耸了耸肩。

“他最近似乎很少在多伦多。”我说。

“我没注意。”

“那是唯一的原因吗？”

“我喜欢这儿。”他说，又耸了耸肩。他把书合在胸口上，“太棒了，这地方简直就是豪宅。每个房间都有一台电视。”

“我想，在我们去跟你爸爸谈之前，你是不是应该再考虑考虑？行不行呢？”

“你们俩真是亲兄弟？”他说。

“我们的差别没那么大。”我本来想说我哥哥其实很有头脑，总有一天会让儿子刮目相看的，但这番话说出口时，听起

① 原文为西班牙语。

② 原文为西班牙语。

来却像是承认了即将到来的灾难,承认我和我哥哥走错了方向,“你爸爸很忙。没有别的。”这句话差点卡在了我的喉咙里。

“你至少还关心别人,不是只想着自己,”他说,“或者,这也是个大骗局?”

“当叔叔的比较容易。我当爸爸也不是很成功。你看看我。我在这儿,女儿却留在西班牙。”我俯下身,从他胸口拿起那本书,读了翻开那页的第一行。

“比他的上一本差远了。”他说,把书拿了回去。

“你爸爸是个复杂的人。也许是家庭遗传吧。但他是爱你们的。”

“你也离婚了,是吗?”

“快要离了。”

“你感到难过吗?”

“是的。”

“你女儿呢?她难过吗?”

“是的。”

“你和她妈妈为什么不能和好呢?”他说。

这是个我无法回答的问题。“不知道,”我说,“人是会变的。时间使人发生改变。”这又是大人们的一个愚蠢借口,我相信他这辈子已经听过不下一百遍了。我后悔把他从看书的忘我境界中拽出来。

“好吧。你给我解释一下:既然离婚这么美妙,”他说,“那为什么大家还这么痛苦?为什么你痛苦?为什么我妈妈总是这么难过?”

“最后一切都会好起来的。你等着瞧吧。”

“和事佬先生。”

“再考虑考虑,好吗?你爸爸过几天就回来了。我们会找到办法的。这段时间就别再逃学了。”

他脸上的表情告诉我,他并没有被说服。在我们刚才看滑板视频的那台笔记本电脑的屏幕上,出现了一大群鲨鱼在一艘海盗沉船前面游来游去。提多此刻盯着屏幕,可能陷入了沉思。我摸了摸他的头顶:“把那本书的读后感告诉我,好吗?”

我发现男主人站在楼下的咖啡桌旁,拿着一杆怪模怪样的步枪和射击背心。“你还好吧?”他说。

“很好。”

“你得试试这个。”

“这是什么?”

“你会爱上它的,”他说,“激光枪战市场里的最新一款。刚刚上市。孩子们都爱疯了它。”

我那会儿已经听说了“仙境”的一切。有旋风球,彩弹射击,运动球场,室内迷你高尔夫,游乐场和有奖游戏,模拟装置和打击练习场。他们的激光枪战设施是王冠上的宝石。来自各地的孩子们穿上未来战士的背心,戴上护目镜,在四种不同的场景中互相追逐——丛林,战场,外太空,古老的西部。

“把背心给我。”我说。

我套上背心,把双手举在空中。

他朝我近距离平射三枪。“感觉如何?”他说,“嗖,嗖,嗖。”

我感觉有一个手指在戳我的心。

那个星期,我带提多和奎因去看了场电影。他们的爸爸又出差了,去辛辛那提,再去达尼丁,再去那不勒斯。关于我跟莫妮卡的对话,我跟纳特只字未提,但脑子里却一直在琢磨这事。正如我前面说的,我不适合做这件事,而且,我担心一旦把莫妮卡的话告诉他,就会把他推到一条邪路上去,而我还不知道如何把他拉回来。我又想了想我当时产生的那种背叛感。这可能是对他心灵的最后冲击。接着我又琢磨,我之所以离开马德里,是不是也为了避免艾娃置身于这样的处境:在我和她母亲之间做出选择,我知道如果真的要选,我几乎毫无获胜的机会。我还担心提多心怀不满的消息,会不会让他们之间的关系变得比现在更针锋相对。

在电影院里,我挨着奎因坐在靠近过道的座位上。银幕上一个男人的脑浆从头上爆出来,歹徒拿着武器,一脸狞笑,抹去面颊上的血迹。电影看到一半,奎因小声说要上厕所。我站在男厕所外面等候,看着刚才卖爆米花和可乐给我们的小吃部的几个年轻人。他们耳朵里塞着耳机,步调一致地点着脑袋,自得其乐。女孩嘴里戴着铁轨般的牙套。她笑起来跟艾娃很像,先是笑得很开,接着又不自觉地赶紧用上唇包住牙齿。剧场里传来机关枪扫射的声音。我错过了抢银行的情节吗,我问自己。当里面重新安静下来后,我又问自己,我侥幸躲过了缠绵感伤的亲吻镜头吗?

休息厅四壁都装着平面液晶屏幕,就像一个镜厅,我看见屏幕上强光闪烁,一辆装甲运兵车瞬间变成一个大火球,地点是在通往伊拉克或阿富汗某座城市的一条道路上,镜头捕捉到尸体和残片在爆炸的气浪中慢动作飞舞。

二〇〇四年,马德里发生火车连环爆炸案时,我和我所爱和关心的人都不在现场。当时我手下的一位教师声称,她认识的一个人前一天晚上患了流感,错过了平常搭乘的进城列车——结果那辆车遭到袭击。诸如此类的故事一时间传得沸沸扬扬，接下来的那个星期，我不断听到那个故事的不同版本。它成了都市传奇，成了警钟长鸣，提醒人们生与死的分界线其实就在毫厘之间。想到自己因为某种不可思议的原因而幸免于难，实在是令人浮想联翩。实际上这对一些人来说证实了生存本身就是一场混乱。而对另一些人来说，倒是激励了他们来一次飞跃，去做一些拖了很久的改变——就好像当年在蒙特利尔电视直播“挑战者号”爆炸的时候。

那一两个星期，只要一想起阿托查车站的恐怖袭击，我就感悟到什么才是最重要的。那样一场大规模的灾难使你正确认识了自身的烦恼。我给我们预约了婚姻顾问，在那几个月里常去咨询，周末一有机会就带艾娃到山区去玩。我试着淡忘伊莎贝尔那些含义不明的笑容，淡忘她匆匆回家，又赶着出门的事实。我相信我们的关系在好转，毕竟过去有着坚实的基础。我以为那些山区旅行可能会使我们想起一些美好的往事，从我们最初为何彼此相爱，到后来经常跟老朋友一起涌进村子广场的某家餐馆或酒吧，整日里在附近游荡闲逛。松树林里到处都是步行的小径。我们在那里过周末，在树枝间洒落的黛蓝色柔光中，我和伊莎贝尔会离开其他人，找一个能俯瞰小镇和河谷对岸延绵的灰色山脉的栖息地，等待那些老鹰出现，每次三四只，用它们的翅膀划过辽阔的天空。傍晚的时候，我们重又挤进汽车，驶往与伊莎贝尔家乡相邻的那个村庄的何塞家大石屋，在那儿的花园里烤羊排，喝酒，直至深夜。

我现在知道了，试图回到从前的好日子是注定要失败的。你不可能真的让时间倒流。可是多年之后的二〇〇四年春天，我在都柏林开办学院，阿托查车站的惨案余热未消，那一次次驱车前往松树林的旅行就像一剂强有力的心灵补药——其实我也隐约明白，那些阖家共度的周末只是一种定期的最后努力罢了。

看完电影，我把两个男孩带到街角去吃东西。点完餐后，我起身离开桌子，给马德里拨了电话。那边是凌晨四点，但这不是我们第一次把对方从不安宁的睡梦中叫醒。我把手机贴在耳边，听见越洋电话的铃声。我经常有打电话的冲动，一般都能克制，然而那天夜里却像着了魔似的怎么也忍不住。心里只有一个念头，要听到伊莎贝尔的声音，要知道我们的女儿正安稳地睡在她隔壁的房间，那里多年来曾是我们的房间，不知为何，那个曾经承载过我们生活的小空间依然保持着原样。

“没有，没出什么事。”伊莎贝尔问我为什么这个时候打电话，我回答道。

“好吧，亲爱的①。”她说，然后轻轻挂上了电话。

那天夜里两个孩子入睡后，我听了他们的爸爸发来的语音留言。我把电话拨回去，纳特在佛罗里达州的那不勒斯接听，带着职业的热情大喊一声。

“你那儿怎么样，华氏七十度？”我说。

“有人就是好运连连，是不是？我猜那人就是我！”

他坐在一位著名的棒球运动员对面，一晚上开怀畅饮了四瓶酒。我告诉他我带两个孩子去看了场电影，至少他们看得很开心。我听见他身后传来一些人兴奋的、醉醺醺的说话声，想象着美冠鹦鹉在低矮的、青苔覆盖的树枝上打瞌睡，大块头的运动员戴着粗粗的金戒指。

“我们今天签了最美妙的自由球员协议，”他告诉我，“午饭吃了一堆垃圾。”

① 原文为西班牙语。

挂上电话后，嫉妒和怜悯袭上我的心头。他拥有我所渴望的、我们在等待孩子长大的过程中都憧憬的自由，当这种自由真正到来时，却感觉更像一个负担，令人慨叹错失的机遇。我想知道他是否已经不在乎，或者从未在乎过。也许他悟出了一些东西，而我还蒙在鼓里？也许他的两个儿子根本就不会记得他的冷漠？他们真的会在乎吗？他不在家的那些艰难岁月，难道最终会变得不重要？我走下楼，给自己倒了杯酒，独自站在厨房里，慢慢啜饮。

五月一个星期二的早晨——正是早春乍暖的季节，我骑车出去刚回家，艾娃向我发来了 Skype 请求，她经常会在你意想不到的时候跳出来。当时我正在喝一杯橘子汁，一边看着我在家时总是打开的笔记本电脑。

“喂，老爸。”她说。

“小花生，”我说，把脸凑近显示屏，“什么事？你好吗？”

“你看上去真傻。”

我仍然穿着骑自行车的行头，头盔也没摘掉。

“你猜怎么着？”她说，笑得无比灿烂。

“快告诉我。”

“妈妈说我今年夏天可以去看你。”

那天早晨我骑车去上班，像一个重生的人，快活得心都要爆炸了。我已经开始在脑海里制定计划——我要带她看的地方，我们要一起做的事情。几个月来我第一次用一种全新的眼光看这座城市。阳光暖洋洋的，淡淡的云彩温柔地悬在遥远的天际。前院草坪和我骑车经过的公园的树木都萌出了新芽，嫩叶像一片片翠绿的小翅膀伸向空中。

那天下午，霍丽·格雷用一个电话打破了我们俩之间的沉默。“查理，是我，”她说，“你怎么样？天气真不错，是不是？”

我们说话时，我开始猜想她打电话来还有别的原因，不只是她说的那样邀请我们四个在六月的某个星期六下午过去吃烧烤。我对她说这是个绝妙的好主意，然后她说了几个日期。我把它们记下来，说去问问我哥哥是否愿意参加。然而我相信从她声音里听出了一些别的东西。难道她想谈谈我们的过往，谈谈我们曾经的拥有？这么多年前我为什么离开她而没有任何说法？如今感情还在吗？我们说话时，我心里想的是悬在我们俩之间的问题，烧烤只是借口，提供了一个回答这些问题的机会。

“在院子里玩触身式橄榄球，”她说，“吃几个汉堡。完全是休闲。”

“太好了。孩子们肯定会玩得很开心。我看看这几个日期，回头再给你打电话。”

我没有告诉希拉里我接到了这个电话，也没说我和纳特及两个男孩要上哪儿去，三个星期后的那个星期六，我们驱车前往。

事实上我并不知道会出现什么情况，但是，在这样的大白天，重叙旧情的幻想似乎只是我偶尔沉浸其中的愉快的白日梦。我比任何人都更清楚地知道，生活滚滚向前，人在发生改变，把我们隔开的因素远比我们共同拥有的过去更广泛、更有力。似乎是为了提醒我这个事实，下午三点左右我们到达他们家时，霍丽的两个孩子正在私家车道上投篮球。

已经快到六月中旬了，太阳高挂空中，街道上满是绚烂明快的光影。丽莱穿着牛仔短裤和一件哈佛 T 恤衫，袖子卷到了肩膀上。卢克光着上身，满脸是笑，跟两个男孩碰了碰拳头，又来跟我们握手。“很高兴又见到你们。”他说。

丽莱栗褐色的长发散在脑后，汗津津的，衣服胸前和两个腋窝下都有一圈淡淡的汗渍。她的样子跟我看到的她母亲像她这么大时的照片完全一样。

“你们好像练得很投入啊，”纳特跟她握手的时候说道，“孩子们锻炼身体，看着真让人高兴。”

丽莱笑了，篮球夹在胳膊底下，我这才第一次注意到她那天后来经常出现的一个习惯——笑起来时舌尖抵着门牙后面，嘴唇微微张开。

不一会儿，霍丽和格列从房子的另一侧绕了过来，两人都笑意浓浓。“我们都等得着急了！”她说，戴手套的手里拿着一把园艺小铲子。

“很高兴看到你们俩。”格列说。

不用说，霍丽看上去状态很好，我想跟她握手时，她说：“哦，好吧！”上前吻了吻我的面颊。她身上散发着阳光和她翻动的土壤的气息，以及淡淡的香水味或香皂味，我深深吸了口气，再一次感到去年秋天的那种不安和惊诧，担心自己的脸和眼睛暴露了我的焦虑和渴望。

“孩子们听说要过来可兴奋了，”我说，“真是个好主意——让大家这样聚一聚。”

格列微笑着点点头：“应该早点邀请你们的。先得熬过那个冬天，但几个月来霍丽一直说要跟你们联系。故人重逢嘛。”

“是真的，”霍丽说，没有一点不自然，“我一直想打电话来着。来吧，我们给你们倒点酒，带你们到处转转。”

他们领着我们走到房子的那头，孩子们在长长的斜坡车道上打篮球，听不见我们说话，我想把注意力放在此时此刻——格列在我右边，指出房子的一些特点，以为我会感兴趣——但我忍不住盯着前面的霍丽，注视着她陪我哥哥走进了侧院。她身上那件礼服衬衫的下摆束在腰前，褪色牛仔裤的臀部松松垮垮，显示出二十年几乎未变的身材。

他们手里端着酒，带我们看了他们那天在花园里忙活的成果，告诉我们鲜花和藤蔓的名字，向我们介绍附近几个小区的特点，以及小镇生活的魅力。纳特不时地插一两句，让谈话顺利进行。他似乎很高兴在大热天喝着一杯冰镇杜松子酒，身边还有一位美女陪伴，他不住口地对花园和房子大加赞赏。那是一座维多利亚风格的红砖楼房，稳稳地坐落在一个宽敞的街角地段中央。随着下午时光的流逝，我心里开始产生动摇，之前以为霍丽邀请我过来是醉翁之意不在酒，恐怕是我自己想多了。一切都表明她过得非常幸福，这似乎多少扰乱了我内心的平衡。看到面前这两个人竟然在周末一起侍弄花草，我说不清自己是佩服还是感到黯然神伤。她有两个孩子和一个丈夫，享受着与他们共度的时光，在我看来她似乎确实过得很幸福。她的选择是正确的，凭良心说，我们很少有人能声称自己做到这样。我注视着她丈夫说话——说他们如何对付这个季节讨厌的蚜虫——试图从她的眼睛和嘴巴寻找与之对立的蛛丝马迹，没有找到，我不禁自我解嘲，既如释重负，又有些失望。于是，我把自己拉回这个晴朗的日子，听他们兴致勃勃地交谈。

他们领着我们绕到房子前面，走上环形门廊，那里有殖民地风格的粗大石柱和灰色的厚木地板，可以看到下面寂静的林荫街道。格列进屋去又拿了些酒，我们坐定后，他告诉我和纳特当初他们是怎么看上这个地方的，那是二十世纪九十年代了。从那以后,这里变化不大,仍然比较幽静、迷人。他说,即使现在,每个星期天早晨英国国教教堂都要敲钟,每个周末都要开办农贸集市,夏天,在那条小河切入小镇的岸边,你仍然可以看见孩子们在吃冰激凌或在水里划独木舟。

“你怎么样,查理?”他说,“我想你现在已经适应了文化冲击吧?”他喝了一口酒,把杯子放在我们中间的桌子上。

“我太忙了,都没工夫留意。”我说,略微有点夸张,“不过确实有些变化。我离开的时候还是个孩子。”

“这我相信。在马德里待了二十年,时间可不短了。霍丽告诉我,你有个女儿。”

“是个百分之百的西班牙人。”

“你肯定很想她。”他说。

“不瞒你说,她下个月就过来了。”

“太好了。”

“筹划了好久呢。”我说。

“准确地说,是施加了一些压力。”纳特说。

“尼亚加拉大瀑布,国家电视塔。一个都不能少。我要带她来个旋风式旅行。全力以赴。”

“你前妻留在那边?”格列说。

“是的。”我说。

他平静地点点头。

“女儿过来后,你们可以做的事情太多了。”霍丽说,从椅子上探过身,双手放在膝盖上,“也许我们可以让孩子们聚一聚。”

“这个主意不错。”我说。

“他定了时间要去小木屋。”纳特说。

“你们有小木屋?”格列说。

纳特说了那个湖的名字，格列又举起了酒杯，说那里的鲈鱼和北美狗鱼都很棒。“依我看，”他说，“小木屋生活才是真正的度假。”

“她从没来过这儿，是吗？”霍丽说。

“这是第一次。”

“哦，她肯定会喜欢这儿的。”她说。

“看一个新的国家，”格列看着我和霍丽说，“就像初恋。会留下终生不忘的印象，是不是？她会玩得很开心的。”

这是关于初恋的一句简单评论，但我从格列的微笑，从他看我们俩的眼神，以及霍丽的一丝不易察觉的微微战栗，明白他从未听说过迈尔斯·埃斯勒的事。

“没有什么压力，”我说，“但愿这是一个充满希望的开始。”

这么说，她从未跟丈夫说过她生命中的真爱。当谈话从奇怪的踉跄中重新站稳脚跟后，我兀自纳闷这样的事情怎么可能。跟某人生活了这么多年，却始终隐瞒着这样一件事，就好像它是一个不可告人的秘密？格列完全不知道他妻子曾满心笃定地知道她有无限的自由去陷入初恋。难道我误解了他的意思？那天下午，我认为我没有弄错。也许霍丽需要把这段记忆封存起来，不告诉任何人，以保持它的完整和纯洁？我想不出别的理由。后来，当我用两个手掌转动酒杯时，突然发现纳特不再跟我们坐在一起。

我借故离开，发现三个男孩在楼上的阳光房里紧盯着电脑游戏。“你们看见纳特了吗？”

他们耸了耸肩，我顺着过道往前走，发现纳特靠在丽莱的门框上，姿势跟蒙特利尔的那位老室友一样，当年他曾靠在门框上说要带我出去泡妞。

“私人聚会?”

“我们正说到你呢。”纳特说着转过身来。

丽莱坐在她卧室的地板上,双手托着后脑勺。舌头轻轻抵着牙齿,嘴巴微微张开,就好像患了感冒,不能用鼻子呼吸。她的牛仔裤刻意奢侈地横向剪了一刀,长度覆盖她的大腿。

“你在大学里跟我妈妈恋爱。你们还在欧洲一起生活过?这简直太酷了。”

“都是一百年前的事了。”我说。

“我以前还没见过我妈妈的旧男友呢。”

“恐怕并没有多少。”

她笑了,翻了翻眼珠:“不许开玩笑哦!”

“丽莱竟然拿到了一份体操奖学金呢。”纳特说,看上去几乎很得意,“我在给她介绍雪城大学。他们有许多不错的体育项目。”

“唯一麻烦的就是它在雪城。”我说。

“那是个不错的小镇。”纳特说着又转向了丽莱,“你不用担心。我当年在那里过得很开心。你会喜欢的。那里人好,校园美。”

“太棒了。”丽莱说。她的脸像樱桃一样光洁明亮,“你们俩看起来不太像亲兄弟。”

“我自己有时也怀疑。”我说,把手搭在纳特的肩膀上。“跟我来。”我对他说。

我很恼火他竟然溜出来跟丽莱调情——不管有意还是无意,他就是在调情。但我以为事情到此为止,不会再有什么发展。我也就没有多想。

十分钟后,我们重新来到前门的露台上,格列打开了烤肉架的火,不一会儿,牛排、汉堡和沙拉就端到了侧院里。露天小桌摆了出来，孩子们都下楼来了，天光渐渐转为柔和的暮色，温暖闪烁的夕阳照着那个不设防的小镇，我们开始大快朵颐，为新朋友和老朋友干杯。

第十章

艾娃来了之后，我一直有个想法，她不仅是来这里陪我一段时间，也是来看看我的新生活的。她想知道我的情况有哪些改变，而我急于让她看到几乎没有什么改变，至少在涉及她的那些方面。表面来看，她会觉得我在这里的生活很奇怪，我则觉得这种生活是暂时的。我不止一次解释说，多伦多只是一个停靠站，我并不打算久留，学院顺利起步后我就会离开。很久以前我就给自己的雄心壮志制定了几个五年规划，比较明确地设计出了我渴望建立的小帝国的规模形态。有朝一日，我要在日本和韩国开办学院。但对于自己的个人生活，我恐怕就没有这样的控制感和决断力。展望未来的三十天就够困难的了，五年完全无法想象。但我知道，在一个没有我女儿的城市里，是没有未来可言的。

七月的一个星期四，我去机场接她，这离我来多伦多差不多一年，第二天早晨，前一天早睡的纳特和两个男孩过来接我们。

"大小姐！这不会就是大小姐吧！"纳特说，张开双臂从前院的车道走来。我们站在门廊上，手里捧着麦片粥的碗，迎着阳光眨巴眼睛。

"我猜你是我大伯。"艾娃说。

纳特把她搂进怀里，给了她一个热烈欢迎的拥抱。提多和奎因害羞地躲在后面。

不用说，艾娃一下子就喜欢上了纳特。他哪会不招人喜欢呢？热情，自信，友好，关切。

“今天由大小姐保驾护航。”他说。

那天早晨，我们毫无悬念地计划开车去尼亚加拉大瀑布。这只是我给艾娃安排的诸多旅行的第一站。现在学院已经起步，运转顺利，我可以有点自己的时间了。我要让她闲不下来，说不定她就会对这个国家产生兴趣，建立某种联系，然后就有理由一次次再来。我希望，带她去领略大瀑布的自然奇观，会使她觉得爸爸的家乡就像一个北方天堂，到处都是这样的奇迹。这个经历她日后会在马德里谈起，这是我们的泰姬陵。我小时候第一次来看大瀑布时，走丢了一小时，在景区里逛来逛去，寻找爸爸妈妈。后来他们找到了我，纳特用拳头捶了一下我的肩膀，叫我不要再走丢了。除此之外就没有什么印象了。我在工作中要对付一些装酷的青少年，他们每个毛孔都流淌着令人厌倦的冷嘲热讽，所幸的是艾娃还没有。我相信(至少是希望)她会把这次旅行浓墨重彩地写进她心中我们家庭旅游目的地的小册子。

“保驾护航？”她对这个说法不熟悉，问道，“这是什么意思？”

“意思是我们三个臭皮匠坐在后面。”

那天，纳特一直这样插科打诨——假装艾娃是尊贵人物，是崇敬的对象。在尼亚加拉大瀑布，孩子们一起走在景区的绿地上，像个三人小组合，我和纳特跟在后面，肩膀上挂着照相机。我们买了热狗，从柳树林旁一张野餐桌的有利位置观看瀑布奇观。那一天过得轻松愉快。瀑布毫无疑问是个壮观的景象,久久地吸引着孩子们的注意力,时间比我希望的还要长。后来,我们五个站在栏杆边,注视着洪水如排山倒海一般泻入深渊。艾娃因为年龄最大,担当起了孩子王的角色,据我所知,这在她来说是头一次,似乎让她感到很开心。两个男孩原本不知道来自一个像西班牙这样完全陌生的国家意味着什么,艾娃突然而神秘地出现在他们生活里,使他们——我想特别是提多——拓展了自己的视野。在那之前,他们似乎对我过去二十年生活的那个地方没有多大兴趣。那天下午,当我们漫步在中央大道,寻找蜡像馆时,三个孩子在距我和纳特二十步的一个店面橱窗前停下脚步,聚在一起。两个男孩分站在艾娃两侧,盯着她按在玻璃上的那根手指。那一刻,我觉得艾娃看上去完全像个成熟的年轻女人,这令我惊叹,也令我不安。奎因转脸对我们说:“这是一张世界地图。我们找到了她住的地方!我们找到了西班牙!”

尼亚加拉大瀑布之行的几天之后,我介绍艾娃跟希拉里认识,那天晚上的顺利超出了我的预期,因此我想碰碰运气,说不定女儿和我的女友真的能情投意合,愉快相处,我提出去纳特的小木屋住一两个晚上。

“就是你给我看的那本画册上的小木屋?”

“就是那个。”我说。

艾娃到来后一星期左右,我们驱车驶入那个开阔的圆形水湾,湖面一片湛蓝,周围都是松树。十分钟后,艾娃穿着游泳衣站在船坞上,看着湖水,满意地点点头。我走下去站在她身边。我们开车来时经过的这些北部森林和湖泊,是她以前从未见过的。

“看对岸那座长满绿树的小山,”她说,“像不像一条龙的后背？脖子那儿变窄，竖起来的地方就是它的头。”

“我看见了。”

“真是太奇妙了。”

“怎么样，你想下水吗？”

“好啊！”

“那就下吧。”

她跳了进去，游到了跳台那儿，爬上台阶，叫我也下去。我去小木屋里换上游泳裤，一分钟后回来，跟她在那个轮胎秋千旁碰头。绳子拴在一棵凌驾湖面的大树的最粗一根树枝上。艾娃抓住绳子，我让秋千高高地荡起来，艾娃迟疑了一会儿，纵身一跃，飞到空中，手脚胡乱摆动，然后重重地拍在水面。试了三四次之后，她掌握了要领。出水时快乐地尖叫，大喊着说还要再来一次。

几分钟后，我看见希拉里站在船坞上，那一刻，我想我或许拥有了自己渴望和需要的一切。艾娃玩得这么开心，而这位穿着泳衣、美丽惊人的知性女人，并没有因为我首先是个父亲、我对孩子的爱超过世界上其他一切而觉得受到威胁。如果此时此刻霍丽划船经过，我甚至都不会去注意。至少我是这样告诉自己的。这么长时间以来，我第一次开始展望未来，我看到的一切使内心充满了久违的希望。

我站在树边，推起重新坐在橡胶轮胎里的艾娃，艾娃回头冲我一笑，蹿入水中，朝跳台游去，我朝希拉里笑了一下。我把转移力转回女儿身上，又用力推了她一把，希拉里经过跳台，朝水湾中央游去。她的身影越来越小，最后变得跟水獭一样大，转入开阔的湖面，消失不见了。

我们在轮胎那儿又玩了至少二十分钟。然后我到小木屋去做好午饭，放在托盘里端了下来。我们坐在船坞上吃三明治，喝冰茶，享受着美景和阳光，希拉里消失了整整一个小时之后，我才开始担心出了什么问题。

我把独木舟从小木屋地板下的槽隙中拖出来，搬到下面的船坞，放进了水里，然后拿来两把桨和一件救生衣，扶着艾娃上了独木舟，十分钟后，我们就划到了开阔的水域。

艾娃以前从没划过独木舟，但看样子很喜欢。“你认为她没事，是吗？”她说。

“对，没事。我们只是划划船。”

然而，此刻我开始觉得带艾娃划出这么远是个错误。我应该给某个急救机构打电话的。万一我们翻船，或发现希拉里在水里挣扎，或遇到更可怕的情况，可怎么办呢？

就在这时，希拉里的脑袋出现了，是地平线上的一个黑点。至少我认为是希拉里，但实在太小，无法确定。再划过去一些，我看见她举起一只胳膊挥舞着，并听见她的声音从水面传来。

“你们好。”她喊道。

她游到独木舟旁边，脸上的笑容非常灿烂。“拐过弯去有个岛，”她指点着说，“岛上长满了蓝莓！”

“天哪。”我说。

“你们没有担心吧！”

“你是奥林匹克游泳健将还是什么？”艾娃笑着说。

希拉里松开船舷，游到独木舟下面，然后从另一侧钻出来：“不是。我只是一条快乐的鱼。”

我们很迟才吃晚饭，然后到船坞去看流星。天空明澈而璀璨，潜鸟藏在黑黢黢的水面，用孤独、哀怨的声音彼此呼唤，让我听了心生欢喜，感到和这个夜晚十分亲近。我们仨躺在热乎乎的木板上，等待着天空的动静。几乎立刻就出现了一颗流星，然而接下来的很长时间，我只看见一颗卫星像蜗牛一般爬过天际，留下笨拙的轨迹。我们没有过多交谈，只是静静地躺在那儿，下午湖面上的那场虚惊早已过去。

"真静啊。"我说。

"太美了，是不是？"希拉里说。

"有了。这就是答案，对吗？"我说，"答案是沉默。"

在大瀑布游玩的时候，艾娃靠在栏杆上，注视着洪水一泻千里、坠入峡谷，又给我出了个脑筋急转弯：一说话就打破的是什么？

我们仨全身放松地躺在船坞上，仍然仰望着天空，我感到艾娃用胳膊挽住了我。"很好，爸爸[①]。"她轻声说，仍然望着星星。

之后，又是静默。

* * *

第二天，我拿着鱼竿走到水边，往那些睡莲丛中甩了几钩。艾娃已经盘腿坐在船坞上看书了。水面没有一丝涟漪，缥缈的雾气打着旋儿升起，微微跳动着消失。天光明净，空气清新，白天的酷热还没有开始。

"这水里没有鱼。"我说，把竿尖往上一挑。

她翻过一页。

我望着湖面，又甩了几钩。"但看上去挺漂亮的。"我说。

就这样又过了一会儿，艾娃用一根手指夹着把书合上，带着气恼的微笑看着我。

---

① 原文为西班牙语。

“一本好书？”我说。

“其实，你们俩不用因为我在这儿就睡在不同的房间。”

我不知道她是一早晨都在琢磨这事，还是突然产生了这个想法。

“我们发展得很慢。”我说。

“我已经快十三岁了，爸爸。我知道大人单独在一起的时候会做什么。”

“是吗？”

短暂的沉默。

“我是说除了吵架。”她说。

“我和你妈妈很少吵架。”我说。

“是啊，没错。也许不用声音在吵吧。”她说，又把书打开了。

到了最后，我和伊莎贝尔之间的冷战跟任何大声争吵一样激烈。对此艾娃当然比任何人都清楚。我记得自己当时意识到关系正在迅速破裂，但同时又不完全相信。不知是出于乐观还是无知，我恪守着一种想法，相信我们之间的问题总会解决——在我们前面的地平线尽头有个自然分水岭，最好的办法就是一步一个脚印地继续往前走，所谓车到山前必有路。不知道我在这场婚变中扮演的是什么角色，只知道我在顽强坚守，努力保持耐心。可是男人世界里的耐心，就相当于女人世界里的欺骗和逃避。

艾娃又翻过一页。

“也许我们待会儿可以去划独木舟，”我说，“或者去徒步旅行。可以绕着湖走。从对岸看看那条龙。”

“别把我当小孩子，好吗？”她说。

“是你自己说的，远远地看去像一条龙。”

她用恼怒和怜悯的目光盯着我："如果远远地看，一切看上去都跟你想要看到的一样。所以你才跑到了这里。"

我哑口无言。她不知怎的钻到了我大脑里。"可是我会回来的。"我说。

"不，你不会。你在逃避。你和妈妈。你们俩都是愚蠢、自私的傻瓜，还有你们新找的那些帕布鲁和希拉里。"

那天她没有再跟我说一句话。连看都不看我一眼。只是坐在树荫下看小说，在压抑的气氛中吃过晚饭后，就把自己关在了卧室里。我把事情告诉了希拉里，十一点钟左右，艾娃房间的灯终于灭了，我们出来站在船坞木板上，合抽一支烟。我觉得全身的活力似乎都被突然抽空了。以前从未听女儿表达过这样的愤怒，她的话不断在我脑海里回响，一遍又一遍。愚蠢、自私的傻瓜。她说得对。你没法因为孩子说了实话而生她的气。

"你在考虑回去，是吗？"希拉里说，把烟递给了我。

"一直在想。怎么可能不想呢？"

"看来到了做决定的关键时候。"

"有了孩子，不管什么时候都是关键时候。"我说。

"一切都会好的。"她说。

"有时候我觉得，从艾娃出生我就在等待她长大。如今她已经快成年了，我却不能起到一点作用。人生不应该这样度过，是吗？只是等待自己的孩子长大。"

夜晚的空气很凉爽，小木屋窗户的灯光闪闪烁烁地映照着草地，映照着山毛榉的银色针叶。湖面被黑暗笼罩，夜很深，万籁俱寂，我只想游到湖中央，让自己沉入水底。

"不，不是的，"希拉里说，"不过说实在的，这不是我擅长的领域。"

“其实也不是我擅长的。你现在大概也看出来了。”

“你不应该过度自责。”

“我知道很少有人能够三思而行，仔细考虑后再要孩子。你不知不觉就陷进去了，必须面对，周围的人都在改变。”

对岸的黑暗中传来人声，喜悦而放松，人们在庆祝北边湖区的一个美好夜晚。我听不清他们在说什么，感觉就是夏日湖畔特有的声音，是欢庆和重生的乐章。

“我想我也是活该。”希拉里说。

“什么意思？”

“你的心全在你女儿那儿。每次都是。如果不这样就成了混蛋了，是不是？”

“我首先是个爸爸。至少这点我是知道的。但我没想到会这么艰难。我指的是到这儿来。我以为一切都更轻松些。”

“我想这就是我开始喜欢你的原因。”她说，把香烟从我手指间拿过去。她抽了一口，隔着栏杆掸了掸烟灰，“我不会把你拴在这儿的。你知道这点就行。”

后来，我们准备上床。希拉里在用卫生间，我留在厨房里，注视着一只蛾子一次次撞向吸顶灯。

“你明知道这样分房而睡挺傻的，是吗？”她出来后说道。她嘴里有淡淡的牙膏味。

“我知道。”我说。

“但我觉得也挺可爱。”

我关上厨房的灯，可怜巴巴地爬到走廊尽头我那张冷冰冰的床上，女儿的话仍在耳边响着。我听着湖水声、人声，和踏板的弹跳声在黑夜中回荡，想起了当年我经常用婴儿车推着艾娃进入丽池公园的中央，注视着算命者给人看手相、翻塔罗牌。我从未停下来给自己算命,但总在猜想我们的未来会怎样,十年或二十年后我们会在哪里,我推的婴儿车里的这个小宝宝会出落成什么样。每次的想法都不同,却从未想象过她会像今天在湖边这样,对自己的父母再也不抱希望。

第十一章

我一抬头,看见霍丽正在跟前台的接待员说话。这是八月底的那个星期一,我正打电话安排下星期五和星期六在都柏林和马德里的会议。我告诉电话那头的人我待会儿再打过去,然后出门去迎霍丽。

“你很忙啊,”她说,“我这么闯来可能太冒昧了。”

“不,不,”我说,“太好了。”

我领她走进我的办公室,关上了门。她在我桌子对面的椅子里坐下,背对着俯瞰学院街的窗户。

“有什么事吗?真是太让人惊喜了。”

“我来城里了。刚把丽莱送到一个朋友家。她今晚要去听音乐会。我就先过来看看你。”

“太好了。真高兴你这么做。”

那次烧烤之后我们就没有通过话。此刻她夸张地转动脑袋,打量着我的办公室:“看上去真不错。肯定做了不少工作,给人感觉很好。”

“当时我心里还直打鼓,担心能不能看到完工的那一天。”

“你可以引以为傲了。”

“谢谢。”我说。

“你女儿呢？是叫艾娃吧？你说过她要来？”

“来了又走了。闹过一点矛盾，但总算对付过来了。主要是适应新环境，对孩子来说不容易。”

“对父母来说也不容易，是吗？”她说。

我猜想她来这儿是不是要告诉我，她和丈夫分手了，她丈夫觉察到了我和她之间的蛛丝马迹，逼她说出了他所不知道的那段过往。我不知道该怎么想。但她似乎确实有话要对我说。

“你有没有想过在蒙特利尔的那段日子？”她说。

“那是一段很焦虑的日子。当然想过。实际上经常想。”

“有时我会变得特别怀旧。”她说。

“去年秋天我看见你的时候——我不知怎么说。确实把我带回到了从前。真好。感觉很棒。心里很乱，也很激动。真高兴再次想起我们生命中曾有过那一段。”

“听你这么说真好。”她说。

“我刚来这儿时非常艰难。被连根拔起是什么感觉？急于寻找一个可以抓住的东西。结果你就出现了。”

“你尽拣好听的说。”她说。

“也许吧。但这都是实话。”

“其实我不——”她打住了话头。

“我好像知道你想说什么。”

她摇摇头，做了个手势，示意我给她点时间。

“好吧。”我说。

于是我坐在那里，静静地等待她告诉我她的婚姻结束了，她在考虑我们俩的关系，也许一旦她重新站稳脚跟，我们就可以慢慢地开始，循序渐进，看能发展到哪一步。这是她此次来的目的。我在她脸上看到了婚姻失败的迷茫困惑，感到遗憾和心痛，因为我不能帮她快速愈合那颗破碎的心，她还是要经历这缓慢而痛苦的过程。

“迈尔斯是跳下去的。”她说。

一时间我惊讶得说不出话来，这话题转得太突兀了：“这点我们都不清楚。谁也不可能搞清楚。”

“我清楚。”她说。

“你知道他不是那样的性格。他不是那样的人。他充满了活力。他特别想——”

“我知道他就是跳下去的。”

“你不能这么说，”我说，“也不应该这么说。”

“我告诉他，我想跟你在一起。”她眼睛里开始涌出泪花。

“我不明白。”

“我是个胆小鬼，查理。我当时爱上了你，却不知道怎么跟他说。结果就成了这样。”

“你说的这些我都没法理解，”我说，“太让人意外了。”

“你睡着后我跟他说的。当时我们躺在床上，我对他说了这件残忍的事，而且一直说个不停，他什么也没说。他没有说一句话。我以为他已经不在乎了。于是我继续说个不停，就那样撕裂了他的心。我醒来时，他已经不在了。”

记得那天下午我不知道自己是什么感觉，该说些什么，在某种程度上现在仍不知道。在不到一分钟的时间里，过去的二十年被完全重写，我一生中的初恋竟然是以一个人的自杀为基础的。那天我最强烈的感受就是忧伤——现在我明白了——但同时也感到愤怒。霍丽将永远背负那种内疚感，一辈子无法解脱，而我无法用任何行动或语言去帮助她。迈尔斯死的时候认为他生命中最爱的两个人在背后嘲笑他，这一点我也无法改变。我们的青葱岁月，这么长时间来都是我力量的源泉，如今却消失了。

我呆呆地坐在那儿，脑袋嗡嗡作响，努力理解霍丽告诉我的一切，克制着责骂她的冲动，我真想对她说是她害死了我们今生今世认识的最美的一个人。最后，霍丽站起身，擦去眼角的泪花，默默地离开了，留下我一个人陷入沉思。

那天下午，我沿着河边拼命骑车。我迫切需要运动，需要做点什么。办公室的人带着担忧的神情看着我，于是我下到河谷，一直骑了很长时间，希望这能让我的头脑变得清醒。回到家，我冲了澡，换了衣服，勉强吃了点东西。我的朋友又死了一次。我一直在想这一点。自杀是一种永无止境的结局。它会不断地绕圈子，随着时间的推移，螺旋形的弧度越来越大，你总是在想这件事，最后已然记不清当时是否真的不在场，是否真的没有为它推波助澜，或是否曾尽力阻止它的发生。我无法克制自己不去想。我想象他脑子里最后的想法——他生命中最珍爱的两个人背叛了他。这是他知道的最后一件事，永远无法改变。

那天晚上，我步行去纳特家，他不在家的时候我经常过去，看两只猫是不是需要食物和水。猫碗是满的——似乎还没有被碰过。那只叫鼠头的大猫在楼梯平台上出现了。我走上楼梯，把它抱起来，一转身，看见丽莱穿着我哥哥的浴袍，站在卫生间门口。浴袍敞开着。她赶紧把它掖紧，可是已经晚了。正在发生的事情昭然若揭，接着传来纳特从卧室里叫她的声音。

“那条毛巾怎么样，宝贝儿?”他说。

丽莱的脸红了，她返身溜回卫生间，关上了门。

第二天早晨，我站在他家门前的台阶上，全身冒汗，心在胸腔里怦怦狂跳。丽莱穿着我哥哥浴袍的画面一直留在我脑海里，整整一夜挥之不去。我辗转反侧，想起多年前纳特在马德里用胳膊搂住伊莎贝尔的肩膀，又在那家酒吧前的大街上对我挥以老拳。然而现在的事情比我以前想象的还要严重。我已经不知道该怎么想了。这时，门开了。纳特脸上笑嘻嘻的。

“好兄弟回来了。”他说。

“丽莱还在吗？”

他穿着宽松运动裤和蓝色短袖衬衫，右手拿着一瓶未开封的酒——肯定是从免税店给我买的礼物。一根高尔夫球杆靠在沙发上，他刚才正在击打的一个咖啡杯倒扣在地板上。背景里在播放音乐。

“你希望我透露隐私？给，拿着吧。”他说，把酒瓶递了过来。是拿破仑干邑。我没有接。

“你两个儿子准备一直住在他们母亲那儿了，”我说，“他们不想再跟你有任何关系。你是个自私的讨厌鬼。他们终于看清了这点。”

他越过我的肩膀看着早晨明亮的阳光，然后把目光又转向我：“看来你已经投敌了。不知道我为什么感到惊讶。”

“这只能怪你自己，纳特。”

“等着轮到你的那天吧，老弟。我只能说这一句。等着有人告诉你艾娃跟你彻底玩完。那时候受伤的小弟弟是不是就要爬回来求助了？”

“我来这儿不是谈论我女儿的。”我说。

“那敢情好。快拿着吧，感谢你的服务。”他说，又把酒瓶向我递来:“就把它当成小费吧。是你挣的。没有你的帮助,我可没机会尝到那个小美妞儿的滋味。”

我抓住瓶颈,把酒接过来看了看,当他笑嘻嘻地转过身去时,我跟上去一步跨过门槛,高高举起酒瓶,使出吃奶的力气砸在了他的脑袋上。

他扑通跪倒,嘴里发出一种奇怪的咯咯声,一只手慢慢举起来去摸脑袋。他一脸迷惑地看着我,似乎不知道我是谁,也不知道刚才发生了什么。一道道鲜血在脸上流淌。他试着让自己站起来,却猛地向前栽倒,赶紧用左手扶着沙发,稳住自己。

“别起来。”我说。

我扶他坐在沙发上,把一个垫子放在他脑袋下。

“待着别动。”我说,“我简单地跟你说吧。如果你再敢见她,再敢给她打一个电话,发一条短信,跟她有任何联系,你两个儿子就只能去监狱里看你了。我说到做到。”然后我转身离开,走到了外面的阳光里。

第十二章

三天后，我经都柏林飞往马德里，庆祝艾娃十三岁的生日。这是星期六的早晨，那个猫和逗号的谜语仍在我脑海里转悠，我哥哥依然杳无音讯。我走去上班，看了一眼学院对面的那家咖啡馆。商务咖啡馆位于几家其他餐厅和酒吧之间，是我们的一个路标，我和伊莎贝尔以前每星期在那里碰面一两次，喝喝咖啡，用一种新的语言追逐对方的思想。此刻我看见它就想起了多年前的我们，那时候一切都那么简单。如今我经常停下脚步，往咖啡馆里张望，心绪难以平静，想想过去，想想未来，想到最后心情十分复杂，觉得自己并不比十五或二十年前更成熟、更明智。我强迫自己从那窗口离开，心中疑惑其他人有没有这些想法——如此多的人生经验藏在过去的某个地方，就像一堆没有打开的圣诞礼物，在某个黑暗的储藏室里渐渐发霉，不再有任何价值。

两个年轻人在靠近窗口的那张桌上学习。若不是中间隔着带条纹的玻璃窗，我一伸手就能摸到他们的脑袋。我认出其中一个姑娘是学院的学生。在我们这儿学了许多年。他们之间的大理石桌面上摊得像个典型的小型办公室：笔记本、词典、两支笔、咖啡杯、一本黄色的方形小便利贴、勺子和盘子，空的小糖包。我把咖啡馆里的一个陌生人看成了我哥哥，然后便穿过马路，朝日落保险大厦走去，那是这一带最高雅的一座建筑物，我的第一所学院就建在里面。我推开厚重的门，走进大堂。这里像山涧一样清凉，天花板很高，到处都是大理石。桌子后面的老人点点头向我问候早安。我乘电梯升到四楼，等待熟悉的叮叮铃声，然后走出电梯，顺着长长的走廊朝4000号套房轻轻走去。

我们的接待员从桌子后面走出来，在我两边面颊各吻了一下表示欢迎。她是个漂亮的年轻女人，名叫罗莎。那天早晨她散发着指甲油和柑橘的清香，用一个黄色的笔记本懒洋洋地给自己扇风，笔记本上满是她用蓝墨水草草写下的记录。去年夏天，为了给大厅增添一些温馨和舒适的感觉，我们购置了几把厚重的皮椅，此刻两个昏昏欲睡的学生瘫坐在椅子上，耳朵里塞着耳机。“看得出来，你在坚守岗位。”我说。

她撕下笔记本的最上面一页，递给了我。“总是在工作①。”她说，然后善意地自嘲了几句，说自己整天被拴在办公桌旁。我扫了一眼记录。第一场碰面会已经晚了二十分钟。我把那张纸塞进了口袋。

八月份城里的人多半都去山里或海边了。十间教室空了五间，黑板擦得像刚安上的那天一样纤尘不染。可是秋季学期十月份就要开始，还有短短四个来星期，后勤办公室都在忙于秋天开学的筹备工作。我整天排满了一些约会，第一个要见的是住房和寄宿家庭协调者，他那天早晨发邮件告诉我，大批日本学生将于九月底抵达，但我们还短缺十四个床位。之后我还要和来自米兰、爱丁堡和东京的相关学校的代表和老板见面。

---

① 原文为西班牙语。

“你知道有事在哪儿找我。”我说。

我顺着走廊朝我的办公室走去，进屋后打开面对办公桌的两台电扇。我让每台电扇都朝向我的那把空椅子，然后把我哥哥从脑海里赶走，开始埋头工作。

伊莎贝尔打来电话的时候，我正在跟王冠语言学院的老板面谈，商量在东京和大阪开展业务的事。吉郎·岐阜是个身材修长的男人，长相带有一点西方味道，每年至少一次在欧洲各大首府飞来飞去，推动业务发展，修订和重签协议，给自己树立品牌。去年一月，他来多伦多参加了新学院的开张仪式。在过去四年中，我们双方学校之间的合作协议占了我收益的百分之十六。他已经五十出头，但精力不输二十多岁的小伙子。明天差不多就在这时候，艾娃就将吹灭她生日蛋糕上的蜡烛，而吉郎将在罗马，做他此时此刻在这里做的事情。他今天穿着浅蓝色正式衬衫，卡其裤，黑色休闲鞋，打着一条红色的领带。

“您先接，您先接。”他说，大幅度点头，指着我桌上响个不停的电话机。

我一直在盼着那种两分钟就完的赛后采访式电话，那是我们家庭聚会之后经常会有的。你觉得艾娃状态如何？她能接受这件事吧？你有没有注意到什么异样？

“你认为怎么样？”伊莎贝尔说。

“我觉得她乐得不行，因为她用那些脑筋急转弯把父母给难住了。只要能让她放下手里那本小说——她看上去就非常好。”

那天下午的几个小时之后，我带吉郎出去喝酒。我们为那些来自东京的学生找到了所需的十四个床位，此刻正坐在马拉维拉斯比萨饼店门前露台上的一张遮阳桌旁，当初我和伊莎贝尔开始同居时的那套公寓就在这个广场附近，实际上，艾娃就是在那公寓里怀上的。吉郎把一包万宝路从桌上推过来，调整了一下他的墨镜。我抽出一支烟，但直到侍者给我端来啤酒，给吉郎端来朗姆可乐时，我才把烟点燃。酒杯冰凉，凝结着水珠。我们一边抽烟，一边看路上人来人往，努力让自己不去谈论工作。

“真奇怪。”我说。

“什么奇怪？”

“我一整天脑子都不对劲。”

“不对劲？”他说，从口袋里掏出一条手帕，擦了擦鼻梁上的汗珠。他又调整了一下墨镜，然后把手帕放回了口袋。

“我到处都看到我哥哥的身影。”

他沉默了片刻：“我也有过。去年在斯德哥尔摩，我的时差反应太厉害了，觉得看见的每个女人都是克劳迪娅·希弗①。”

“我的时差反应也是这样。”我说。

“连续飞行确实够呛，这是不用说的。”他说。

我和吉郎每次前往对方的地盘，都会一起到城里坐坐。半夜三更置身于马德里或东京，脑子和身体却还留在地球另一边的时差里，我们一致认为这是一种令人精神崩溃的折磨。因此，东道主为了补偿客人，一般都带对方出去消遣，直到第二天凌晨。今晚，如果吉郎有这样的要求，我也准备舍命奉陪，但是他的一个老朋友要开车从塞维利亚来看他，就把我给

---

① 克劳迪娅·希弗（1970— ），德国模特、演员。

解脱了。时间还不到七点。我期待着在维多利亚皇后酒店带空调的房间里美美地睡上一觉。先在酒店游泳池游个泳，然后在屋顶酒吧喝点儿冷饮，也许再翻翻杂志、报纸什么的。从屋顶上看城市的景色很美。一两杯马提尼入肚之后，我就会像一堆砖头一样倒在枕头上。

我们在人行道上握手告别，我给他叫了一辆出租车，在车顶上敲了两下，然后便顺着街道的阴面朝我的酒店走去。在格兰大道，我看见麦当劳旁边的巨型数字显示屏有一栋房子那么大，上面用红色的闪光数字显示着气温——每个数字都跟一个成年男人一般大。四十四度。我在阳光下用公文包挡着脸，在斑马线上等候绿灯，然后又进入背阴处，顺着蒙特拉街往市中心的太阳门走去，我在赫罗尼莫修道院往左拐，穿过几条窄巷，前往圣安娜广场。

广场中央已经摆出了咖啡桌，阳伞倾斜着遮挡夕阳。燕子在人们的头顶上盘旋，侍者给拥挤的桌子端来饮料和食物。空气里弥漫着橄榄油和黑烟草的气味——这么多年过去，这已成为我知道的最令人兴奋的浪漫气息之一。一个风姿绰约的女人独自坐在一张桌旁，穿着一条红裙，翻看一本光纸印刷的杂志，右腿轻轻搭在左腿上，令人不由得想入非非。她脚上那双优雅的凉鞋，鞋带一直系到脚踝和小腿上。我走过去，清了清嗓子。“意外，真是太意外了。”我说。

“你好吗，帅哥？①”伊莎贝尔说，从椅子上站起身，吻了一下我的面颊。

我拉开一把椅子，招呼侍者过来。

这条裙子是我几年前给她买的，樱桃红色，齐膝的荷叶

① 原文为西班牙语。

边，露出一段秀腿，凸显女性魅力。她今晚做了一些功课，这是一眼就能看出来的。我们已经很多年没有一起单独出来放松了，此刻坐在这里，我暗自纳闷她为什么刻意把自己捯饬得这么漂亮，而且专门挑中了我酒店前面的这张桌子。我没听说她和那位宪法律师的关系恶化呀。

"艾娃呢？小天才今晚在哪里？"

伊莎贝尔告诉我，艾娃和一个朋友及其母亲一起，在这条街上的理想电影院里看电影，那位母亲保证把艾娃平安地送回家。

侍者端来了两杯杜松子酒补剂，天空从蓝色转为杏黄色，又转为紫色，最后变成黑色，一盏盏故意做成十九世纪复古风格的路灯亮了，广场沐浴在温暖的橙黄色灯光中。让我吃惊的是，我们谈论起了我作为一个单身汉的生活。此前，除了学院的进展情况，伊莎贝尔从未对多伦多的事表示过任何兴趣。

"就是过日子呗，"我说，"有起有伏。我想我也渐渐习惯了。"

"女朋友的情况怎么样？"她说，"你幸福吗？"

"看来你在我身边安排了密探。"我说。

"那还用说。"她笑着说。

"你听到了什么？"

"只听说她是个游泳健将。"

"她确实游得很棒。"

我基本上报喜不报忧，跟伊莎贝尔说了我在遥远的加拿大的生活，简单说了几句希拉里，还说了艾娃的两个堂弟和目前在我手下干活的那些好人。

"我很高兴你过得开心。"她说。

"事情最后总会解决的。"

我没有提到莫妮卡打来的电话,也没有提到我哥哥的失踪。我在期待良宵欢愉,不愿意因回忆哥哥带来的不快而影响情绪。终于,白天的酷热消散了,我们坐在城里我最喜欢的广场上饮酒,我逐渐对伊莎贝尔的嗓音产生期待,这么多年来,她的嗓音从未像现在这么温柔,这么亲切。我想,也许终于到了我们可以像正常人一样好好交谈的时候,而不是纠结于鸡毛蒜皮的琐事和困惑,闹得不可开交。我们坐在那里愉快地喝酒、聊天,直到午夜过后。后来,当我陪她走向出租车比较多的阿托查街时,她挽住了我的胳膊,接着令我意外地亲吻了我的脸,不是为了告别,各种原因我无法想象。

“这是为什么呀?”我说。

“为了一个愉快的夜晚,”她说,“为了两个愉快的夜晚。”

我们默默地走过半个街区。我不知道她心里在想些什么,但那个吻让我感到甜蜜。不可否认,它使我全身涌动一股暖意。然而,其中仍混杂着一些疑虑。我正在考虑要不要问问帕布鲁的事,却听她说道:“我从没有爱过他。你明白的,是吗?”

这句话令我感到吃惊。“实际上,过去一年的许多事我都不明白,”我说,“不过,这个我不知道。这是我一直想——”我说不下去了。

她松开我的手,没等我明白是怎么回事,就大步穿过马路,朝对面一辆平行停放的出租车走去。驾驶座的门突然打开,一双腿伸了出来。两只过大的胶底运动鞋,像两根熊熊燃烧的生日蜡烛一样绚烂耀眼,在车前灯的强光照射下闪动。

伊莎贝尔探进车里,抓住里面的人,把他拽出来拎直了。很可能是个吸毒者,怀里抱着一台车载收音机和一条香烟。而且,他眼睛里满是恐惧。他站了半秒钟,然后丢下东西,撒腿就跑，在街上消失了。

“看看这些人，”我追上她时，伊莎贝尔说，“都只知道站在这儿看，就像看马戏表演似的。”

她说得对。人群围拢过来，却没有一个人出手相助。

“我们离开这儿吧。”我说。

我捡起车载收音机和那个小伙子用来撬锁的螺丝刀，伊莎贝尔探身把香烟放在副驾驶座位上。我把收音机递给她，她把它塞回仪表盘上的那个空槽里。“快点，”我说，“我们离开这儿吧。别管它了。”

停下脚步来看热闹的午夜散步者们突然让开一条道，一个男人推推搡搡地走来，他走得很快，满脸都是怒气。显然是出租车的车主。因为当时在场的其他人都没理由表现得这么生气。他人高马壮，肩宽体阔，气冲冲地穿过马路，似乎知道有人在偷他的东西，要采取一切措施加以阻止。

我举手阻拦他时，发现他就是前一天夜里载我进城的那个出租车司机。我想，不到二十四小时前我曾是个付费的乘客，这一事实可能会对事情有点帮助，便伸出手去想跟他握手。不知道是这个巧合没有对他产生作用，还是他根本不记得我了，只见他一把推开我，抓住伊莎贝尔的脖子把她从车里拖了出来。我用胳膊勒住他的脑袋，把他拽离伊莎贝尔，他转过身，迎面给了我一拳。我觉得好像一头撞在了砖墙上，视线里的一切都在朝右边剧烈地拉长、倾斜，接着，不知道为什么，他突然朝前栽倒，单膝跪在了地上。伊莎贝尔右手拿着收音机站在他身后。她把收音机砸在了那家伙的脑袋上。他伸手捂脑袋时，我看见了那根断指，接着他瘫坐下去靠在他出租车的前轮上，慢慢闭上了眼睛。

第十三章

我在桑坦德偷了那个银画框的三星期之后，走进马德里的一家自行车行，第一次见到了伊莎贝尔。我还记得她转过来看我之前她脸庞的轮廓，惊讶的笑容，以及她怎样站直身子，不再倚靠柜台，双臂抱在胸前。

当时，何塞的商店逼仄而拥挤，堆满了轻便摩托车和竞速自行车，散发着一股机油味，以及挂在墙上的轮胎和内胎的橡胶味。伊莎贝尔穿着牛仔裤、运动鞋，和一件绿色的印有碰撞乐队“桑地诺！”的T恤衫，那一直是我最喜欢的唱片之一。

“你好。”她说。

她脸上的表情是害羞的，同时带有足够的热情，使我断定她在这里工作，也许靠卖自行车完成大学的学业。至少她看上去像那样的人，手里拿着一本书，封面上那人的脑袋被切分成精确的几部分。“他们很棒①。”我指着她的T恤衫说。

我相信没等我开口说话，她就看出了我是个外国人，我蹩脚的口音只是进一步确认了这一事实。我鼓起勇气说了那句评论后，她立刻滔滔不绝地发表一些观点，我一句都没听懂。

① 原文为西班牙语。

云里雾里中，好像听见她提到乔·斯特鲁摩①，果然如此。她说完后，期待地看着我，似乎该轮到我发言了，于是我用洋泾浜的西班牙语说，我非常赞成她的观点，还说了我想买一辆二手自行车，非常便宜的那种。她耐心地听着，嘴角浮起一丝同情的微笑，然后大声呼喊里面的某个人。

"可是马德里的人不骑自行车。"她转向我说道，她的英语足以让我听懂。

"谁都不骑？"

"谁都不骑。太危险了。"她带着羞怯的口音说。

"但这是自行车商店，不是吗？"我说。

"是的。黄蜂牌跑车。摩托自行车。环法赛车。诸如此类的。"

何塞走到柜台旁，伊莎贝尔把我介绍给了他。何塞又高又瘦，年龄跟我相仿，短短的黑头发，耳朵上打着一个耳钉。在差不多二十年后，是他向我提供了帕布鲁的背景资料。

伊莎贝尔解释了我的困难，何塞举起一根手指，示意我稍等片刻，便闪身消失，回来时拿着一辆破自行车，看上去已经二十五年没人骑过了。他把车扔在了水泥地面上，发出一记刺耳的撞击声。

"这辆怎么样②？"他说。

我推出去试着骑了骑。链条生锈了，车把和前轮都是歪的，骑起来总是往左偏。我从没骑过这么破烂的玩意儿。短短十分钟后，何塞把一切都修整好了，给链条上了油，又做了

---

① 乔·斯特鲁摩（1952—2002），著名英国音乐人，是传奇朋克摇滚乐队——碰撞乐队的歌手、吉他手及歌曲作者。二〇〇二年十二月二十二日因心脏病死于英国萨默塞特郡的家中，年仅五十岁。

② 原文为西班牙语。

一些调试。我想付他钱,但他说这辆车在里屋堆了好多年,他很高兴终于能够摆脱它了。我一再坚持,他还是不肯收我的钱,后来做出让步,提议我给他买一瓶啤酒。

他在商店门上挂了一个牌子,说十分钟之后回来,然后我们三个便去了马路对面的海峡酒吧。那是一家毫无特色的街头卖酒小店,墙皮都剥落了,吧台倒是光亮耀眼。

"那么,你在西班牙做什么呢?"伊莎贝尔说。

我试着用西班牙语简短地讲述我来这里的经历,当时我已经习惯了用相当于速记的风格说话。从那时候我就认为,世界上最难的事就是在一门外语的基本语法词汇中摸索,努力表达自己的意思。

"要待多久呢?"她说,用英语拯救了我。

"不知道。"我说。

"既然需要自行车,那肯定不会短。"何塞说。

马路对面,一个男人在商店门口停住脚步,看看那块牌子,又看看手表,于是何塞跟我握了握手,祝我吉星高照,骑那辆破车时别摔断了脖子。

"看来只剩下我和你了。"我对那位美丽的姑娘说。

"我可以练习英语。我需要练习英语。"

"你的英语很棒。"

"哦,是吗?"她说。

"这是真的。你是我的正式翻译。你帮我弄到了那辆车。没有你,我就是无车人。"

"无车人?"

"没有自行车的人。"

"好吧。你雇我了?"

"雇你了,"我说着举起酒杯,"但你也得帮我练习西班牙语。”

跟伊莎贝尔告别后，我骑车穿过城市，前往丽池公园，心里喜滋滋地想，我竟然跟一个可爱的西班牙姑娘和一个和蔼可亲的店老板在附近一家酒吧里聊得还不错，而且多半用的是他们的语言。后来，我骑着车欣赏风景，享受暖融融的夕阳，在那几个小时里，我忘记了霍丽，忘记了我离开她后感到的所有忧伤，也忘记了卡门，而把心思集中在那朵灿烂的希望小火苗上。伊莎贝尔被我的几个笑话逗得哈哈大笑，她站在那儿——我认为落落大方——耐心地听我用西班牙语告诉她，我来自哪里，我对音乐的品位，我喜欢看什么书，我来欧洲是想寻找什么。我承认实际上我并不知道为什么要来这里，只是读到一本书，里面的故事就发生在这座城市北边的大山里，我可能待一个月，也可能待一年，她听了似乎并未感到烦恼。那天下午，我当然没有提及霍丽，也没有提及我在漆黑的深夜离开桑坦德，直到两个月后我们终于开始恋爱，我才告诉了她这些。

* * *

刚到马德里的那几天，我住在市中心太阳门附近的一所寄宿学校里。每天早晨，我都拿起报纸搜寻公寓出租的分类广告。我的旅行手册上提到城北的某个地方，说它没有任何重要的历史遗迹，不值一去。我相信那里的房租会便宜些，就在一个下午溜达了过去。我带了几个地址，找到了地址上写的那些房子。找到第三或第四家的时候，我在街上按响门铃，一个美国人接听了对讲电话，邀请我上去看看。

那是一套很像样的房子，两个卧室，但是从所能想象的各种标准来说都算是小的。甚至连真正的炉子都没有，只在厨房的流理台上放了一个电磁炉。

我向他简单说了自己的情况,都是些无关紧要的皮毛,然后他说:“好吧,你什么时候能搬进来?”

“只有一个障碍。”我说。

“什么?”他说。

我解释说我在北边被人抢了。

“真是倒霉。”他说。

“所以我目前手头有点紧。”

他在客厅的桌旁坐下,从胸前的口袋里掏出一块大麻,开始用打火机的火苗把它烤干。他把大麻在掌心里搓碎,捏了一点烟草混进去,然后卷了起来。他吸了一口大麻烟卷,把它递给了我。

“你有多少钱?”他说,吐出一大口蓝色的烟雾。

公寓狭小昏暗,地毯散发着霉味和陈年的烟味,但我估计我还是付不起租金。

“没多少钱。”我说。

我吸了一口大麻烟卷,听这位来自安娜堡市①的画家讲他三年前刚来马德里时,口袋里一个比塞塔也没有。他说,圣诞前夜,他在从里斯本开来的夜车上遭遇抢劫,圣诞节的早晨不得不在查马丁车站乞求乘客们的施舍。

他很高兴能跟人用他自己的母语交流。我跟他简单谈了谈我自己和霍丽,以及在蒙特利尔的生活。我说,我不知道下一站要去哪里,也不知道什么时候出发,但我在马德里似乎有许多事情可做。

---

① 安娜堡市,美国的一座城市,位于密歇根州东南角,底特律以西三十六英里。

“哦，是啊，”他笑微微地说，“从马德里升天①。”

“这是什么意思呢？”

“下一站，天堂。”他说。

当时，我不知道这句话是形容这座城市给游客们留下的难以磨灭的印象。按照这种说法，来自西班牙其他地方的人们，一旦到了马德里，就再也不想回去了，这就是它的奇妙之处。你在这里停留，在这里终老。从外省到马德里，从马德里到天堂。

我把手伸进口袋，掏出一把硬币：“付完我现在的房租，剩下的都在这儿了。”大概加起来有四百比塞塔，合三四个美元。

我把这些零钱放在桌上时，一个硬币滚落下去，掉在了地板上。他把它捡起来放进口袋。“暂时就这样吧。”他说。

第二天，我发现那本旅游手册重点推荐的英文书店是一个外籍人士交流中心，就在书店里的布告板上贴出我的名字，说可以提供英语教学服务。

我还记得那些日子马德里天空的光色多么美丽。不知怎的，似乎比现在更深邃、更蔚蓝。我眼里的一切都比现在丰富多彩。夏季刚刚来临的时候，城市里涌现出那么多漂亮的颜色，在建筑物上，在我几乎每天都要去的公园的野草地上，傍晚，就在我教完一天书回家的时候，新公寓面对天井的小窗户在热浪中微光闪烁。到了六月中旬，我已经有了六七个私人学生，足够应付房租和生活必需了，但我仍有时间在某一条令我感兴趣的街巷里游荡。回到公寓，我看看书，为第二天的课

① 原文为西班牙语。

做做准备，晚上再次出门，在城里闲逛，或者独自一人，或者跟我的室友一起。六点到七点之间，有大约十五分钟的时间，阳光直照进公寓。我坐在室友给我安置的那张黑色圆桌旁，独自吃饭，独自沐浴这片刻的私享阳光。大约就在这段时间，我发现我的耳畔不再响着迈尔斯的说话声。我不再记得他的嗓音。即使在我拼命想他，或梦到他的时候，他也只是一个模糊的、若有似无的影子，就像那道阳光一样转瞬即逝。

我的室友通常大清早就离开了公寓，为了抢到公园里他喜欢的那个位置，四五年后，我也会推着婴儿车出现在那里，焦虑地给我那肚子疼的女儿哼唱摇篮曲。室友上午在人行道上用粉笔模仿拉斐尔①和埃尔·格列柯②的画作。下午，他把全套装备搬到马约尔广场，贩卖罗纳德·里根③、约翰·贝鲁西④和赫尔穆特·科尔⑤的漫画像。他靠这种方式把日子过得很滋润。今朝有酒今朝醉。我们觉得这样的生活有吸引力，一时间过得如鱼得水。

我开始每星期一两次光临何塞的店铺。它离我的公寓不远，我第一次回去是想买一把号码锁，并请何塞给我的自行车

---

① 拉斐尔(1483—1520)，文艺复兴时期意大利著名画家，“文艺复兴后三杰”中最年轻的一位。

② 埃尔·格列柯(1541—1614)，西班牙文艺复兴时期著名的幻想主义风格画家。

③ 罗纳德·里根(1911—2004)，美国政治家，第三十三任加利福尼亚州州长，第四十任总统(1981—1989)。

④ 约翰·贝鲁西(1949—1982)，是最早从《周末夜现场》走出来的巨星，因《动物屋》一举成名，以他在《周末夜现场》的驻场乐队为主角的喜剧《布鲁斯兄弟》(又译:《福禄双霸天》)成为经典之作。

⑤ 赫尔穆特·科尔(1930—　)，1982 年至 1998 年任德国总理，1973 年至 1998 年任德国基督教民主联盟主席。

做几处细微的调整。当然啦，我去那儿的真正原因是伊莎贝尔。我希望能再次见到她。

如果时间已近傍晚，商店快打烊了，我和何塞就会去峡谷酒吧喝一杯。伊莎贝尔在学校做教学实习，下班回家有时正巧路过那里。她在马德里大学半工半读，学习早期儿童教育，重点是残疾儿童的教育，当时已是最后一年。何塞已经把他知道的关于伊莎贝尔的情况都跟我说了，我记得主要是说伊莎贝尔单身，空窗期已有两年多。我很欣赏她这样宁缺毋滥，她不需要一个泛泛的男朋友，愿意耐心等待某个真正对她感兴趣的人，而不是随便找个人来填补她身边的那个空缺。

她父亲圣迭戈开了一家发廊，距离何塞的车行三四个街区。圣迭戈在内战中成了孤儿，没上过学，却是个非常有头脑的生意人，是个手操剪刀的艺术家。何塞说，有一次他拿着一盘《我的目标是真实的》专辑走进发廊，问能不能剪一个像艾维斯·卡斯提洛①那样的发型，前面厚重浓密，后面剪短，只留发茬。住在附近的中老年妇女排着队等圣迭戈给她们剪最新的发型，等他用那些打情骂俏来撩拨她们的心。他女儿不仅遗传了他的黑眼睛，还遗传了他容易与人相处的随和性格，一种平静的、令人安心的亲和力，这些我都逐渐在伊莎贝尔身上看到，并由衷地欣赏。

那时我已去过发廊一两次，接伊莎贝尔出来上语言课，这是我们一起约会的借口。在发廊里，她父亲跟我握手时非常用力，并笑眯眯地盯着我的眼睛，说他很高兴认识像我这样的

---

① 艾维斯·卡斯提洛（1954— ），英国创作歌手，在二十世纪七十年代中期，以伦敦的酒吧摇滚风潮先驱之姿初受瞩目，后来被归入朋克与新浪潮风格。

人，因为他爱自己的独养女儿胜过世界上的一切，他看得出来，我这样的小伙子能够理解他作为一个父亲，把任何对他女儿的恶劣行为都看作是对他本人的恶劣行为，如果女儿受到什么伤害，他会毫不犹豫、非常痛快地把这样的男孩赶出城去，他说，他非常欣慰地得知我在这个问题上跟他意见一致，我们之间的一切都说得清清楚楚、明明白白。我附和道，确实一切都说得很清楚、很明白，他拍了一下我的后背，向发廊里的客人们解释说我来自加拿大，正在教他女儿学英语，那些女人脑袋上罩着我只在《我爱露西》①片段里看到过的蜂窝吹风机，她们从杂志上抬起目光，对我礼貌地微笑，欢迎我来到马德里。

我和何塞在自行车行对面的酒吧里闲坐聊天，看见伊莎贝尔走过人行道时，我便赶紧冲出去，拉她进来喝一杯，不一会儿，我的朋友何塞就会找个借口起身离开，我们俩则待在那里，一聊几个小时。有时伊莎贝尔会带我去附近逛逛。那些坐在咖啡馆或拄着拐杖靠在店门口的老人都会叫着她的名字跟她打招呼，并亲切地歪着脑袋跟我握手，那一个小时我觉得无比荣幸，跟一个漂亮姑娘走在一个陌生的城市里，突然之间似乎一切皆有可能。

仲夏时节的一天晚上，何塞和伊莎贝尔把我介绍给了他们的朋友。十一二个人聚集在广场上拼起来的两张桌子周

---

① 《我爱露西》，这部电视剧从一九五一年十月十五日开播，至一九六〇年四月一日停演，生动地描绘了整整一代美国女性的生活：女主角露西是一个居住在郊区大房子里、头脑简单的中产阶级家庭主妇，她所有的故事全是围绕家中的客厅和厨房展开，所有的喜怒哀乐都来自于与丈夫和婆婆的相处。这部剧开启了美国肥皂剧的新时代。

围。男人们跟我握手，拍打我的后背，就好像我们是一起长大的发小；姑娘们吻我，朝我意味深长地微笑，似乎她们知道什么，而我还蒙在鼓里。

坐下后，伊莎贝尔俯身跟我耳语，说我在她所有朋友中间都很受欢迎。我当时还不相信那是真的，如今我只清楚地记得她秀发和肌肤的气息——暑热味、香水味，淡淡的烟味，还有隐隐约约的她父亲发廊里的气味。这是我第一次近距离闻到这些气息，简直令我心迷神醉。她很快就转过身去了，我就像个被暂时搁置的人一样等在那儿，希望她再探过身来跟我耳语。

那天夜里，我们去了十几家酒吧和酒馆，每家都待得不长，喝一杯就走人。我以前从没见过这么快速移动的一群人。她的朋友们向我介绍在马德里喝酒的基本规则。他们称自己是“猫”，总是在移动。夜幕降临，整个城市便活跃起来，直到天快亮时才会偃旗息鼓。他们都对我的西班牙语表现得特别耐心，每个人都花许多时间陪我说话，问一些简单的问题帮助我进步。有一阵，我和伊莎贝尔发现我们跟其他人分开了，从那里往北眺望，正好能看到我在阴雨蒙蒙的桑坦德读到的那本小说所描写的地方。城里的酒吧一半都贴着海明威饮酒的照片，简直甩都甩不掉他。出于某种原因，我看到那些照片总感到有点儿尴尬。但是，在那个美丽的、群星璀璨的夜晚，我们俩并肩站在一起，我觉得所有对马德里的先入之见都消失了，突然之间，这一刻属于我们。

“我哪天带你去吧，”伊莎贝尔说，“我们在那儿有座老房子。不怎么气派，但我们喜欢。”

“好的。”我说，倾下身亲吻她的嘴。

她笑了，用手捂住嘴唇。“快走吧，”她说，“追上他们。”

我是不是把事情搞砸了？我感到那个吻带来的激情在我

内心燃烧。然而,我不知道自己是不是太造次了,误解了她过去一个半月向我发送的每一个信号。在那一瞬间,我以为再也没有机会得到伊莎贝尔了。我怎么可以这么愚蠢呢?

接下来的那个星期,我没有看见伊莎贝尔。我不知道给她打电话是不是会让自己越陷越深。也许我应该给她写一封短信,解释说我不清楚我们之间是怎么回事,以后再也不会这样了。我没有跟何塞提及那个吻,心里又开始想念霍丽,接着是卡门,我所能想到的都是忧伤的思绪。我试着集中思想开展工作时,却怎么也摆脱不了那个结论:我亲手扼杀了我和伊莎贝尔之间的可能性。

第二个星期六,何塞带我去了老城区的一家酒吧,前一个星期的那帮人又在那儿聚会了。伊莎贝尔也在,跟以前一样笑容灿烂。

"你上哪儿去了?"她说,给了我两个甜蜜的吻,"你必须有一部电话了!"

"你看上去真美。"我说。

她挽住我的胳膊,领我去见她的那些闺蜜,她们每个人又都朝我露出那种笑容。似乎她们知道什么,而我还蒙在鼓里,到底是什么呢?

那天晚上快结束时,我们在一家狭小、昏暗的地下室酒吧,大家开始慢慢平静下来。何塞的妻子,一个名叫阿玛戈雅的巴斯克人①,已经离开了,因为家里还有个小宝宝,这让我

① 巴斯克人,西南欧民族。自称欧斯卡尔杜纳克人。主要分布在西班牙比利牛斯山脉西段和比斯开湾南岸,其余分布在法国及拉丁美洲各国。通用西班牙语或法语。信奉天主教。

简直无法相信。但何塞留了下来，抽着他浓烈的黑烟草香烟，注视着那位年迈的钢琴手。明天早晨他不上班，他说。

伊莎贝尔把一绺散发拢到耳后，探过身来借火。

“没问题。”我说。

那些女伴仍对我热情有加，好像我救了伊莎贝尔的命，那些男人则把我当成一个失散多年的兄弟。我认为事情有进展，至少我没有因为那个吻而弄得竹篮打水一场空。烟点着后，我注意到她的右耳垂缺了一小块。

“这是怎么回事？”我指着问道。

“哪儿？”

“耳朵。”

“噢，耳朵①。”她说，一边诙谐地转了转眼珠。

“说正经的。”

“一个饥饿的学生。”

“什么意思？”

“他咬了我。咬我②。”她咬着牙齿说。

“真可怕。”我说。

“应该说，真他妈的③。”她说，探身向前，又把头发从耳朵后面拉了出来，“两根针呢。”

“缝了两针？”

“就是这意思。”她说。

开车前往他们小时候避暑的那个山城需要四十五分钟。

---

① 原文为西班牙语。
② 原文为西班牙语。
③ 原文为西班牙语。

那天晚上，伊莎贝尔又承诺要带我去那儿，我希望她不是随口说说的。还好她没有忘记，而且说到做到。接下来的那个周末，我们就开车去了，先在主街的一个酒吧里跟大家汇合。往山上开了一小时，到达埃斯科里亚尔，在一个户外露台上拼了三张铝合金桌子，喝冰咖啡，然后穿过古老的街巷，参观了修道院的几个房间。最后回到我们出发的那个广场，又喝了一轮酒水，我和伊莎贝尔回到她的汽车里，前往她家的老屋。

到达老屋时，已经九点多了，天色还是蔚蓝、清澈，往北极目远眺，轻薄缥缈的白云悬在高高的山顶。老屋是位于镇子边的一座不起眼的石屋，有三间卧室，古色古香，早已无人居住，我觉得像一个噩梦重现，但看上去是二十世纪留下来的旧物，倒是符合我对西班牙乡间别墅的想象。石屋周围都是荆棘，以及乱石嶙峋的荒芜的田野。附近没有别的房屋。伊莎贝尔拿出藏在落水管底下的一把钥匙，我们一进屋就赶紧打开百叶窗和玻璃窗，让夏夜的空气涌进来。主屋里的石头大壁炉冰冷、黑暗，散发着木柴烧焦的浓浓气味。

她的朋友们都在这片山区有旧屋。那天在迪斯科舞厅里跳到很晚，我真希望回到邻村的何塞家里，倒在他的沙发上沉沉睡去。也或许是别人家，我搞不清——但肯定不会待在这儿。就在这时，伊莎贝尔牵住我的手，领我上楼，走进她童年时的卧室，开始脱衣服。

是我们辜负了爱，还是爱辜负了我们？这是一个我无法回答的问题，至今仍答不上来。但是在那茅塞顿开的瞬间，我仿佛变成了另一个人，因注入了新的爱情而焕发活力。那天夜里，伊莎贝尔宽衣解带的时候，我内心残存的悲哀和遗憾都悄然溜走，至少是暂时消失了。执子之手，夫复何求。我忍受了这么久，寻找得这么苦。此刻，我是一个从初恋的灰烬中耙出来的年轻小伙，重新燃起了火苗。这个完美的西班牙姑娘赤裸地站在我面前，我生命中没有什么比她的肉体和灵魂更重要、更令人激动、更充满希望的了。哦，柔美而诗意的心灵世界，我真想大声喊出来。哦，这具肉体的无穷奥秘。那天晚上，我经历了一次次比这更加奇妙的飞翔，最后，我们从巅峰回落，躺在伊莎贝尔童年时的小床上，汗津津的，心醉神迷，面含微笑，望着天空变得墨黑，八月的朗月不容置疑地出现在敞开的窗口。

午夜过后，我们走进村子，在道路尽头的一家迪斯科舞厅找到了那些朋友们。舞厅下面是一道浅浅的山谷，此刻已笼罩在深邃的黑暗之中。我们走进舞厅，喝酒，跳舞。舞厅里在演奏那个夏天最流行的西班牙热门舞曲，那些奔放激昂的罂粟音乐听得你根本就坐不住。朋友们知道我们刚才做了两人初次见面时就一直想做的事。她们为我们感到高兴。她们老早就看出了端倪，这些闺蜜和她们意味深长的微笑。

那天夜里，我和伊莎贝尔站在那个山谷的边缘，看见地平线上闪动着一串明亮的灯光。可能我的胳膊搂着她的脖子，也可能她的胳膊搂着我的脖子。“那儿，”她说，“你能看见马德里。”

“那是你生活的地方。”我说。

“还有你，”她对我说，“现在你也在那里生活了。”

第十四章

我女儿十三岁生日派对开始前的那个星期六晚上,我们在警车后面坐了二十分钟。现场来了两个警察,其中一个在我们和出租车司机之间来回奔走,记录口供。我们讲了我们这边的说法。谁知道那个司机跟他说了些什么?

他闭着眼睛坐在地上,背靠他出租车的前胎,坐了很长时间,我都开始担心可能真的出大事了。直到警察来了他才站起身,说话时仍然用手捂着脑袋,望着我们的眼神似乎想让我们赔偿某种严重的伤害。每过一分钟,他就用手摸摸头,拿下来看一眼,检查血是不是止住了。看来已经止住。

这时候,围观的人大多已经走了。平常下班时间马德里街头的那些人络绎不绝地走过,时髦雅痞,大学预科生,跳街舞的青少年,以及穿着考究的老年夫妇,他们从一个酒吧逛到另一个酒吧,喝酒,吃点心,享受盛夏时节的夜晚时光。

我眼睛下面有个二十五分钱硬币大小的伤口,但没有流血,可能是因为伊莎贝尔用大拇指蘸了点唾沫,轻轻捂住了伤处。

“真是无巧不成书,是吗?”我说,“昨天晚上,我就是搭了这个被你痛揍的司机的车子。”

“简直像一部阿尔莫多瓦[①]的电影。”

“也许是费里尼[②]的。”

“但愿他别把我们告得倾家荡产。”

“我有一种特别恍惚的似曾相识的感觉。”我说。

“你看东西有重影吗?”她说,凑到我脸前端详着。

“没有。”

“你认为我们要看看急诊吗?”

“我脑袋没事儿。只是上星期我用一个酒瓶砸了纳特的脑袋。刚才你又用车载收音机对那个家伙做了同样的事。是不是很诡异?我是说,我们俩可是一辈子都没打过人的呀!”

“天哪,你为什么要那么做?”她说。

于是我把一切都告诉了她——霍丽和丽莱,我哥哥变成了什么样的人,还有,我得知了大学时代老朋友的死不像我一直以为的那样是一场意外事故。我尽量放慢语速,非常详细地跟伊莎贝尔讲述这些,讲完后,她立刻问了我一个问题,艾娃有没有单独跟纳特在一起过。我告诉她没有,从来没有,她点点头,不出声地说了句“谢天谢地”。然后把脸转过去,看着前面的挡风玻璃。之后她没有再说一句话,我开始担心自己越过了界,可能跟她说了太多那边发生的事。我真的不知道该怎么理解。我们毕竟已经不再是夫妻。也许,纳特、霍丽和迈尔斯的这些事情,只是进一步证实了我的生活实在是太

---

① 佩德罗·阿尔莫多瓦(1951—),西班牙著名导演。作品具争议性,着重表现欲望、暴力、宗教等议题,并通过鲜艳的色彩展示出一种后现代的审美眼光。

② 费里尼(1920—1993),生于意大利里米尼小镇,二十世纪著名导演,作品有《大路》《卡比利亚之夜》《甜蜜生活》《八部半》《罗马风情画》《阿玛柯德》等,多次获得各种电影节大奖,并获五次奥斯卡金奖。

过复杂。

“这么多事，听起来这一年过得很糟糕。”我说。

“也许，当从远处看的时候，生活就会被放大，”她说，“这或许就是这个故事的教益。”

“我还以为这个故事已经没什么教益了呢。”

“我说的是我们怎样回顾往事。你准备怎样对待往事？它仍是你的一部分。还有那些人，也是如此。也许这就是你有一天会问自己的问题。我也说不清。我们只是坐在一辆警车里，看着夜晚流逝。”

就在我们感觉狭小的空间变得更小，足以把我们推挤到一起，甚至塞进对方的怀抱时，我这一侧的车门打开了，那个瘦脸的警察像一个热情过度的旅馆行李员一样把身子探进了后座。

“邦妮和克莱德①。”他说。

“怎么个说法？”我说。

“说法是你们可以走了。只要以后别再殴打手无寸铁的出租车司机。你们看见那边的两个人了吗？”

原来，一对模样体面的老夫妇看见了整个事件的经过，他们告诉所有相关人员，坐在警车里的那个女人是天下第一大好人，赶跑了真正的小偷，她砸出租车司机的脑袋只是为了保护自己的丈夫不致冤枉挨打。

这时出租车司机做了个息事宁人的手势，意思是不想再

---

① 《邦妮和克莱德》，根据美国历史上著名雌雄大盗邦妮·派克和克莱德·巴罗的真实经历拍摄的一部电影。一九三〇年大萧条中，在得克萨斯州达拉斯市西小镇，克莱德对邦妮一见钟情，向她炫耀自己曾因持械抢劫入狱，并抢劫了镇上的小超市。二人从此结伴浪迹天涯，以打劫为生，转战数州，名噪一时。

理我们,巴不得这辈子不要再看见我们,然后钻进他的出租车,一溜烟地开走了。

我们到家时已将近凌晨两点,那座房子曾经是我的家,但现在不是了。我感到头重脚轻,晚上的事情仍然在我心头打转,充满了新的、非同一般的可能性。我们在艾娃的床脚站了片刻,静静地欣赏我们熟睡的女儿穿着睡衣的小身体,然后悄悄下楼,从门厅走进厨房,伊莎贝尔用一块干净的洗碗布裹了一袋冰块,敷在我的脸上。厨房没有开灯,只有门厅透过来一点灯光,但我在她眼睛里能看到这个夜晚给她的压力,以及她嘴角边两道我以前未曾留意的细纹。

“明天就是生日派对了,”她说,一边调整着冰袋,“还疼吗?”

“我没事。”我说。

她没有再说什么,离开厨房,一分钟后拿来了两粒布洛芬。我就着一杯水把它们服下。

“今晚发生了这么多事。”她说。

“几乎什么事都发生了。”我说,把冰袋从她手里接过来,轻轻贴在她的面颊上。

“真凉,”她说,用手捂着我的手,“真舒服。”她闭上眼睛,嘴唇微微分开,我感觉到她的呼吸舒缓而清新,从凉凉的冰袋上飘过来。“我不后悔我们经历了这一年。其中的每一分钟我都深恶痛绝。但我不后悔。你说,为什么一定要发生这种事呢?”

“我们做出的选择。”我说。

“可能是我们的性格吧。”她说,“我们是做选择的人。”她沉默了一分钟,“告诉我,你在那边做得最糟糕的事是什么。”

“有许多日子我都不愿回首。”

“就说一件事。”她说。她仍然闭着眼睛，把另一只手也按在我的手上，让冰袋更紧地贴着她的脸，然后，又把冰袋敷在我眼睛下面的伤口上。

“说一件我没做的事行吗？”我说，“那算不算？”

“好吧。你该做而没做的事是什么？”

“我没有去给我的朋友扫墓。”

“还有时间，”她说，“有的是时间。”然后再次把冰袋从我脸上拿开，我们互相引领着朝卧室走去，那里散发着皂用香料的芬芳，床单和枕头都透着她特有的浓郁气息，我们在八月的月光下脱去衣服，分享那个冰袋，最后，两人的皮肤和床单都湿透了，一阵阵细微的战栗，像黑夜里的点点火星，在我们的身体间跳动，令人久久难忘。

*　　*　　*

早晨，我拖着疲惫的双腿走进厨房时，艾娃坐在早餐桌旁看一本大部头小说。

她抬起头，脸上立刻浮现出惊恐的表情：“你怎么啦？”

我一时间不知道她在说什么。今天是她的生日，她的父亲一年多来第一次睡在自己的床上，而她竟然这样向我问候早安。

“你的眼睛。又青又紫。你打架了！”

“你真该看看那家伙的样子。”我说，俯身亲了她一下。

我跟她说了事情的经过，一边用肉桂和一勺香草冰激凌做法式面包，在我的记忆中，这是她最喜欢的生日早餐。

“她这么厉害！”她说，“砸了那人脑袋？用车载收音机？”

“哦，绝对没错！你要亲眼看见就好了。那动作别提多彪悍了。千万别惹那位女士,我见过她动粗的样子。”

“你爸爸跟你说了吗?”片刻之后,伊莎贝尔从卧室里出来,问道。她给了艾娃一个拥抱和亲吻,然后转向我,用手摸着我的脸,凑近了查看那个伤口。她身上的气息就像细雨之后的花园,正是我长时间来第一次与之做爱的女人特有的气息。“这人成了拳击吊袋。你看看他!”

早晨的阳光透过厨房的窗户洒进来,房间里弥漫着现磨咖啡和枫糖浆的香味。我全身乏力,就像被一辆山地自行车撞倒了,却感觉自己是马德里最幸福的男人。

“爸爸告诉我,警察管你们俩叫邦妮和克莱德,”艾娃笑嘻嘻地说,“你们俩跟邦妮和克莱德太不搭调了。”

她是怎么知道这两个人的,这又是一件让人称奇的事。我们一家三口平分了那块法式面包,我和她妈妈的注意力都在艾娃身上,为一场盛大的生日派对做准备。我留意地观察伊莎贝尔,仔细听她的语气,捕捉她心生悔意的蛛丝马迹。然而什么也没发现。难道我们又重回正轨,我问自己,抑或这一切随时都会崩溃?从我的感觉来说,似乎一道无形的堤坝垮塌了,现在我们眼前是一马平川,一片开阔。艾娃肯定要开始提问题了,她完全有理由、有权利提那些问题。你们俩又突然和好了吗?还是又来搞同情心泛滥那一套?为什么我的父母是这么没用的白痴呢?然而,她一个问题也没问。

我们朝四个街区之外的丽池公园走去,路上有一些人在卖珠子和项链,他们在泛舟湖对面的悬铃木下铺开毯子。算命者和塔罗牌占卜者又像往常一样出现,我也像往常一样没有问命。我不能确定自己是否真想知道。我们在一家咖啡馆找了个座位,喝了点冷饮,看着步行街上的行人渐渐多了起来。

艾娃很高兴，因为这是她的生日，而且我们很快就开车去北边，还有，爸爸留下来过夜了。这是她所能希望的最好的生日礼物了。她一个问题也没有问，我暗暗为此感到庆幸。我担心我和她妈妈只是设立了一个我们无法达到的标准。此时我在这里，又回到了家中，回到了她的生活里，我们谁也没有勇气解释说我们的麻烦不会这么容易解决。

我们每次开派对的那座大石屋已经在何塞家流传了四代。那是一座漂亮的老屋，它太大了，一个人根本没法守住，也不能往里摆放新的家具——任何新东西都不行。院子里长满了杂草和灌木，何塞完全没办法控制。每年夏天有那么一两次，我们俩轮流拿着那把在工具棚找到的旧镰刀，割野草，砍灌木，却于事无补。花园里有一个老式的手动泵，蓄水池的边沿贴着蓝色、绿色和红色的瓷砖，但我从没见过有人从里面汲水，在石屋周围的四面砖墙上，我们经常看见有火蜥蜴在晒太阳，那是艾娃小时候最喜欢的。围墙外有一条铁路线，每到整点就有火车哐哐地驶过，把乘客送往市中心。除了火车的声音，这山上像教堂一样安静，只能听见鸟的歌声，蟋蟀的叫声，也许还有邻家的孩子在路上打篮球的声音，这里的气温也比城里凉爽许多。艾娃出生前，何塞通常在这里举办夏末狂欢派对，我们总是聚集在藤架下那张花岗岩的大桌子周围，头顶上悬挂着野藤蔓，谈天说地，直到暮色降临。桌子周围能坐二十个人，一般都是座无虚席。在那两三个小时里，食物源源不断地端上来——大多是何塞亲自做的。后来，艾娃四五岁时，她的生日派对开始与这一年一度的盛宴合并，逐渐成为头等重要的盛事。

我们一家三口把礼物从车里拿下来后，就穿过边门，加入了派对的人群,握手,亲吻面颊。客人们都已经在后院和石屋两边的花园里转悠,等待我们的小寿星了。他们基本上都是多年前的那批人,早在我们自己还蒙在鼓里时,他们就清楚地知道我和伊莎贝尔注定会投入彼此的怀抱。他们特别懂得两个互相痴爱的人是什么样子,不愿让任何事来妨碍这对情侣。不用说,现在他们都在这里,脸上带着微笑,但这个下午我在他们脸上看到的却是另一种笑容——似乎意识到我们正处于艰难时期,意识到我们为了回到过去而做出的努力,但他们不知道就在大约十二个小时前,婚姻关系有了某种缓和。

艾娃发现外公外婆都坐在藤架的阴凉里。艾娃满脸喜悦地搂着两位老人,悄声说爸爸昨天夜里是睡在家里的,看样子爸爸妈妈又和好了,这是她所能想到的最棒的生日礼物。她外公看着我,淡淡地笑了笑,举起一根手指,似乎在说,让我占用你一分钟时间。我突然想起了那年他刚把小孙女抱在怀里的时候。他当时毫不掩饰地痛哭流涕,怀里抱着艾娃,用另一只手勾住我的脖子,把我拉到他身边:"现在你完全跟我们是一家人了,听见吗?现在你是我儿子了。"

圣迭戈最近身体不太好。他年近八十,有肺心病,因此她那五十二岁的妻子皮拉尔非常担心他、宠爱他,但他从不在我面前谈论或承认自己的病情。他的病痛属于他自己,需要他默默承受。不过,对于我这一年的缺席,和我们这次试探性的团聚,他是有话要说的。他告诉我,我们这种从小失去父母的男人,必须格外用心地把自己所爱的人留在身边。"你和我都是经不起挥霍的。"他用西班牙语说。家庭是一种自觉的意志行为,而不是简单形成、视为理所当然的习惯,那是为幸运儿准备的。我们的现实是需要道德勇气和决心毅力的。"容不得一点虚荣矫情,"他说,"这你理解,是吗?"

听了这番责备之后，我在院子里转了一圈，寻找一年多没见的那些面孔。十几个成年人，都是我们的朋友，聚在一起聊天、说笑、饮酒。他们的孩子满地里玩耍，爬矮树，扔水球，从甜食托盘上偷蛋糕。如今我们已经年过五十，有孩子，有房子，有这个年龄特有的种种烦恼，年轻时寻找自我的旅程早已结束，我们每个人都已定型，将来不会再有变化。我脑海里转着这些念头，突然看见一对夫妇，两人都是我的密友，陪着他们十个月前刚从中国带回来的小姑娘坐在手动泵旁。那是个漂亮的小家伙，围着蓝色的防水尿布，头发上扎着一根小小的红丝带。他们曾努力十多年想怀上孩子，此刻举起一件件物品，用小女孩新学的语言念出它们的名字，每当小女孩说出了正确的西班牙语词汇，他们就亲吻得她透不过气来。我陪他们坐了一会儿，注视着这小小的奇迹，然后站起身，继续巡游。

花园角落里那棵栗子树的阴影下摆放着饮料桌，伊莎贝尔正在那儿给自己倒啤酒。她换下了昨晚的那条红裙，穿着一件简单的灰衬衫和米色的宽松长裤。艾娃吃过早饭后把头发扎成了马尾辫。脖子后面的头发高高梳起，使她的脸庞看上去瘦削、窄长。

“这杯酒敬奇怪的夜晚。”她说。

“还有更奇怪的白天。”

她笑了，隐约含着希望，石墙外传来火车哐哐驶过的声音。我们等待它顺着铁轨远去。

“我打算回来，”我说，“这里才是我想待的地方。”

“你知道我并没有要求什么，”她说，“昨晚的事不是我刻意安排的。”

“我为昨晚感到高兴。”我说，“但这并不是原因。”

“事情的发生都是有原因的，”她说，“我想我们都得相信这点。这恐怕是迄今为止我最接近宗教的了。”

宴席十分丰盛,菜上了一道又一道,几个小时后,就在太阳开始缓缓西沉时,生日蛋糕闪亮登场。大家全都聚在桌旁,我和伊莎贝尔站在女儿两边,全体合唱“祝你生日快乐”,热烈欢呼,所有的照相机都拿了出来,咔嚓咔嚓照个不停。蜡烛的光在跳动。

“我许愿啦。”艾娃说。她笑起来的时候似乎一点儿也不在乎自己的牙套了。我认为她太开心了,完全顾不上去理会。她转向我们,用手指摸着下巴,假装真的在思考,然后一口气吹灭了她的十三根蜡烛。

星期一下午,我在大西洋三万六千英尺的高空,一边翻看生日派对的照片,一边吃着盐焗花生,这时空乘给我拿来了苹果汁。她是个容貌甜美的女人,有一双浅蓝色的眼睛,她微笑着探过身,把苹果汁倒进一个塑料杯,放在小桌板上。

“多么快乐的小姑娘啊。”她说,指的是艾娃瞪大眼睛盯着插满蜡烛的生日蛋糕的照片。

我把屏幕转向她,让她看得更清楚些:“我女儿昨天满十三岁了。”

“小孩子长得真快,是不是?”她说。

“是啊。”

“我有一个儿子和一个女儿。老大今年秋天上大学了。”

“哇。”我说。

“饮料您慢用。”

“谢谢。”

她顺着过道离开后,我把脸转向舷窗,神思恍惚地看着外面的云团。它们此刻位于飞机下方,像一大片白色的群山,看上去那么稠密，似乎你从机翼上跳下去也会被弹上来。

在马德里的那个周末快结束时，我内心充满各种矛盾的情感。哥哥的事情仍让我放心不下。实际上我从来不曾把它彻底忘记，此刻我猜想着他到底在玩什么游戏。我知道我正在飞往事件的中心，他玩的游戏很可能会把我牵扯进去，即使他不会像十三个月前那样打算到多伦多机场接我，我也难逃干系。自从莫妮卡打来第一个电话之后，我只跟她通过一次话，纳特还是下落不明，后来也再无消息。

我想在飞机上睡一会儿，可是眼前不断浮现星期六和星期天夜晚的画面——生日派对结束后，我又在那套老房子里留宿了一夜——此刻，伊莎贝尔脸上痴迷、性感的笑容一直在我脑海里旋转。那两个夜晚，我们带着那样的狂热做爱，简直堪比两人最初在一起时的那种激情，高潮过后，我们俩都放声笑了起来。这件事以前经常一起做，可是已经多年不做。我们分离阶段里没有任何事是不能撒手的。我们赎罪和宽容的能力，不正是对我们最好自我的一种衡量吗？艾娃生日派对之后的那天夜里，我就是这么想的，当时我和伊莎贝尔一起躺在床上，体内还勃动一阵阵激情的战栗。

我望着窗外的云团飞快地掠过。下面，浩瀚的人海一望无际，似乎一直延伸到世界尽头。我把相机重新打开，又开始翻看照片，最后找到一张我们一家三口俯身在生日蛋糕上微笑的合影。

“你没事吧？先生？先生？你还好吧？”

那个空乘站在我面前，脸上带着关切的笑容。

“没事。我很好。谢谢你。”

入关时，审核我的是一个大块头加勒比海女人，她端详我的时间格外长了一些。她偏着脑袋，微微眯起了眼。

一时间，我想起了那天下午我飞巴黎时被扣留的事，便感到有点不安。“有问题吗？”我说。

“你从哪儿来，先生？”她说。

我告诉了她，她指指我那只眼睛：“看来你待得太久，不受欢迎了。”

到家时刚过下午六点，我给伊莎贝尔打了电话，告诉她返程顺利。然后我快速冲了个澡，打开电视，给自己弄了个三明治。马德里的时间已是午夜，但我在飞机上囚禁了一整天，脑海里仍在想着最近发生的所有事情。

我穿上骑车服，骑着自行车冲下河谷，在那些小路上来回穿梭，希望能消耗掉一些精力。一小时后，我在河谷公园底部的运动场边把车停住，看一支女生足球队轮流背着同伴上山下山。教练是个矮个子男人，穿一套蓝色运动套装，在队员们之间来回奔走，大声喊叫着鼓励她们往前走。头顶上空，湖鸥正在吞食成千上万只飞过的蜻蜓。四五十只湖鸥轮流冲进那一片迷雾般的、不断闪烁的翅膀方阵，把蜻蜓叼住、吞下。我推着自行车走到山顶，看着最后一批蜻蜓也葬身鸟腹，然后湖鸥返身朝湖面飞去。

秋季学期后天开始。在马德里要十月份才开学，但多伦多的暑假结束得早一些。这是我学生时代喜欢这里的一个理由，我还记得当时想到另一场奇妙的冒险终于要开始的那种兴奋。在那天下午河谷上方的空气和阳光中，我感觉到并看到了季节变换的迹象，我想让它们放慢脚步，我想把它们留在我的心里和记忆里。这是我在这座城市的最后一个秋天，但知道很快就要离开并未让我感到难过。这一刻承载了太多的意义和重要性，因此我久久地逗留，不愿离去。当我转身离开时，突然想起我哥哥可能陷入了麻烦，这是三天前接到那个电话后我第一次产生这个念头。我朝他家骑去,希望能看到迹象。他现在该回来了,我想,肯定回来了。

几分钟后,我拐进他那条街道时,看见前面停着三辆警车。十几个人聚集在人行道上。大门口拉起了禁止进入的黄色警戒线,一位警官站在那里翻看一个小记事本。我扔掉自行车,走上前去介绍了自己的身份。警官转向屋里,朝门厅喊了一声。接着一位侦探走了出来,询问我是否知道我哥哥的下落。我问他是怎么回事,他告诉我卡杰·阿道夫森死了。

尾　声

接下来的几天和几星期，我哥哥以一副陌生的形象出现在公众面前。看着画面上这个对家庭不闻不问，很多时间都在乘游艇、开派对的男人，我最初是抵触的。太丑陋，也太真实了。有线电视新闻播出了他的一些照片。有一张照片上，他抽着雪茄，跟一位著名运动员勾肩搭背；另一张照片上，他在除夕晚会上举着一杯香槟酒。这些照片只能进一步说明他过着一种轻浮放荡的生活，也使人们看到整个这场悲剧的不可避免。

为了把问题讲清楚，阿道夫森家的发言人——一个名叫爱德华的男人，他接到内弟去世的消息专程飞过来——对当地一位记者动情地介绍卡杰温和的性格和善良的为人。我带着一种奇怪的痴迷看着这一切。莫妮卡当然没有接受这样的采访。一天晚上，我和希拉里在晚间新闻里看见纳特的那条帆船"过把瘾"，停在那不勒斯港口，还有一个清单，上面列着他去北部之前可能到过的地方。我们从那些记者口中得知，我哥哥星期一早晨从河湾旅馆退房离开，乘出租车前往那不勒斯市机场，然后飞往坦帕国际机场，再转机回家。那天下午，他经常租用的机场豪华轿车在等着接他。司机认出了这位常客，描述他当时的神态紧张不安，"像是赶不上什么重要的大事了”。但司机并未多想，他对着镜头说，他经常碰到这样的乘客。同样，当他看到一个男人——显然是卡杰·阿道夫森——站在河谷大道那座大房子门前的台阶上，似乎在等他的这位乘客时，也并未觉得有什么奇怪。司机说他以为此人“是那家伙的兄弟，是嫌疑犯的兄弟”，这句话大概只有我一个人认为值得注意。我不明白他为何这么说，卡杰和我长得一点都不像。不过换句话说，当时的情形确实也没有任何异常。司机帮助乘客搬下行李，收取了车费，就离开了，这时真正的大戏才开场。

莫妮卡当时已经在楼上收拾两个儿子的衣物。提多和奎因在后院跟他们的树屋告别。纳特看到妻子的男友站在他家门口，肯定感到很意外，他推开卡杰，直奔楼梯，卡杰跟在后面。几个星期后我听哥哥讲了事情的经过之后，很想知道卡杰站在外面打量四周，等待女友收拾东西离开她的旧居的时候，心里在想什么。我隐约相信他是在思索夫妻一场到头来何其可悲，鬼鬼祟祟地窥探对方的生活——实际上是把曾经爱过的人变成了敌人。同时，我又希望他是给自己画了一条底线，断定自己绝不是那样的人，死皮赖脸地闯进另一个男人家里。他赢得光明正大，同时愿意对我哥哥表示出基本的尊重。当然啦，他不可能知道事情的前因后果，也不了解我哥哥到底是什么样的人。至少我相信莫妮卡不会把什么都告诉他，他也不会认识我看见纳特与之厮混的那个姑娘。他大概只知道一场婚姻解体了，在两个男人的较量中他占了上风。直到纳特冲进房子，抓起高尔夫球杆的那一刻，这一直都是一场公平竞争，是情敌之间的恩怨。

也许它是放在沙发上的。或是靠在墙上。我曾在许多不同地方看见过它。纳特这个人，随时随地都需要愉快的休闲时光和轻松的娱乐活动。因此,球杆就在那儿——他一把抓起,拄着它一步两级地奔上楼去,发现妻子正在结束把两个儿子从他生活中清理出去的工作。事情发生时,孩子们在后院。整个过程也就三十秒,也许一分钟。他们没有看见或听见父亲把瑞典人击打致死,然后扔掉高尔夫球杆,重新走到外面傍晚的天色中。

*　　*　　*

可是他当初为什么要回来呢?他说,最后归根结底还是勇气的问题。他太多次对自己失望了——三个星期后他在多伦多当监狱里等待审判时告诉我——他一直都没能力去做他知道自己应该做的事,即离开这里,去开始一种全新的生活。如果他能够像他打算的那样,消失在恭候着他的辽阔的美利坚,那么一切都会找到各自恰当的位置。那是他唯一需要做的事。然而,当他开始人生的这一旅程时,却并未感觉自己像换了个人。没有获得新生。他失去了所熟知的那些界限——家庭的安全感,先是爸爸妈妈,之后是一个弟弟和一位善良的叔叔,然后是妻子,最后是两个孩子——他所渴望的自由的滋味并不像他想象的那样美妙。以前总有让他回归的东西。你需要逃离的,恰恰是你无法割舍的,这是不是最大的讽刺呢?他发现苍茫世界里等待着他的只有孤独,而对此他并未做好心理准备。他没法驾驭那样的生活。他骨子里不是那样的人。不到两天他就看清了这点。

他讲述这个故事时,我看着他的眼睛。他坐在探视室的树脂玻璃后面,两个胳膊肘撑着,手拿一只电话贴在耳边。我坐在玻璃的另一边。他的声音尖细而遥远,实际上若没有那道玻璃屏障,我伸手就能摸到他头上的头发。

"你是骑车过来的?"他说,"你总是干那种傻事。"

"车锁在外面。听说这里小偷很多。"

他笑了,然后继续讲他的故事。

他走在那不勒斯的街道上,心情沉重。似乎完全忘记了自己的计划。对他来说什么都失去了意义。整个世界摆在他面前,可他却根本不知道拿它做什么。他说,美妙的幻想到头来变成了这样——令人窒息的现实,充满悔恨。阻碍他的是事情的最终真相,即他根本无法离开。他不具备打个响指就消失的气质。他不是那样的人,他说,一边探身用电话轻轻敲着玻璃,然后又把电话贴在耳边。"知道吗,我在那不勒斯漫无目的地游荡,甚至想不起来我在那里要做什么。我怎么也没法理解我为什么不感到欣喜若狂。我自由了,不是吗?这是我多年来梦寐以求的呀。我们都有这个梦想。生活太压抑了,每个人都渴望自由。"

"不是所有的人。"我说。

"我就是那个时候顿悟的。当时我站在伸入大海的那个码头上,地平线上就是墨西哥,不管往哪个方向去我都能得到自由。就在那个时候,我看清了你我之间的差异。我就是没法像你那样消失。因为我跟你不一样。"

我断定他是想惩罚我。正如他把丽莱勾引上床也是为了惩罚我。但是我仍然不理解,为什么他在这严酷的人生阶段还这么迫不及待地想要来支配我。

提多和奎因的情况和预期的一样好。我没有正面跟提多谈及这件事,没有说他爸爸用一根高尔夫球杆打碎了一个男人的脑袋。因为这件事太严重、太混乱,令人无法理解。十一月中旬,我带他们去了佛罗里达的迪斯尼乐园,称之为提前赠送的圣诞礼物。我知道他们需要彻底离开原来的学校，离开多伦多，因此我陪伴他们上了飞机，飞往那个气候温暖的地方。一到那儿，光是空气里的味道就对我们产生了影响。我们去了跳板瀑布，在台风湖玩了冲浪池和鲨鱼礁。我想，他们至少能够暂时忘记生活中发生的事情。两天后，当我们驱车前往卡纳维拉尔角，去游览宇航员名人堂时，提多转过脸来说道："到了那个时候，我不会怪你的。"

我没有明白他的意思，便说："如果你愿意，可以解释一下。"

"审判。"

"不知道我会不会受到传唤。"我说。

"哦，肯定会的。"

"我想，你爸爸可能不愿意听到我说的关于他品德信誉的那些话。"

"如果你去作证，不要美化。"

"我想我不会的。"

"只需记住他做的事，"他说，然后扭头看了看睡在后座上的弟弟，"奎因仍然以为只是打了一架。卡杰只是出远门旅游去了。"

佛罗里达的景色在窗外掠过，公路两边的沼生栗子树的树枝上，挂着广告牌和被风吹起的塑料袋，就像洗净晾晒的衣服。

我看着提多，发现他已经完全是他父亲的翻版。刚毅有力的下巴，英俊的高颧骨。长长的头发把眼睛挡住了一半。我在过去几个星期就注意到他已经开始变声了。

"你比你爸爸坚强，"我对他说，"我知道你在想什么。"

他望着窗外。没有看我，也没有说话。

“你不会像他一样的，提多。”

他猛一转头，甩开挡住眼睛的头发。“你说得倒蛮肯定的。”他说。

“我对这点的确定超过任何事情。”

他认为他获准窥探了一下自己的未来，或局部的未来，他看到的东西令他不安。

然而我哥哥的性格不是他儿子的宿命。笼罩提多的沉默和忧思，跟我们父母去世后我在纳特身上看见的那种渴望被人接受的饥渴完全相反。直到度假结束，提多的脸上和内心都是忧虑重重。我用眼角的余光看见他两眼发呆，或双手抄在前兜里站在那里看着自己的鞋尖。我知道他在做什么。他像我们每个人一样，在努力抗争。他比我认识的任何人都更敏感地意识到自己失败的可能性。但他内心仍隐约存在某种东西——也许是道德心这样的基本素质——因此我相信他会更加艰难地抗争，去寻找世界上的善。我试图帮他看清自己的这一特点。

一个月来，两个男孩和他们的母亲一起接受心理咨询，努力使生活回到正轨。可以想象继续住在卡杰的房子里非常别扭，原因不言自明，但他们反正也不会住多久了。一旦河谷区的房子脱手，莫妮卡打算在多伦多西头买一座新房子，在不离开这座城市的前提下，离这两个地方越远越好。

我几次骑车过去，看见房屋中介的牌子已经挂了出来，草地上竖着一块黑色和红色相间的标牌，在秋风中凄惶地摇摆，令人心酸地提醒我们，梦想竟能这样远远地偏离轨道。

差不多就在这个时候，希拉里拿着一瓶红酒过来庆祝。那天她把她的那本论文集寄给了美国一家大学出版社，得到的会是赞赏还是冷遇,她还不知道。但这个项目终于完成了,她觉得很开心。现在我们只是朋友了。我跟她说了我打算回马德里,我和伊莎贝尔想再给对方一次机会。她听了这个消息并不吃惊。我怀疑她认为在凶杀案带来的影响中,我的内心发生了震动,需要与那些最亲近的人重修旧好。

吃过晚饭,我们打开新闻,听到台风肆虐菲律宾吕宋岛的消息。我一开始没有联想起来,其实那就是希拉里以前跟非政府组织一起工作的地方。三个村庄消失了。画面令人震撼——铁皮屋顶,被摧毁的棚屋,牙签般的大树,玩具般的汽车,浑浊的泥浆席卷了一切。希拉里立刻在网上搜索具体细节,接下来的几天,她跟马尼拉的几个老熟人取得了联系,制定了一个回去帮忙的计划。两个星期后,我开车送她去机场,说我为她感到由衷的高兴。她在这里只是浪费时间,现在终于要去她需要去的地方了。"有时,好事是由最惨烈的灾难带来的,"我说,"也许这么说太可怕了,但确实如此。"

"这是美好的一年。"她说。

我点点头,继续开车。

"不知道你有没有听我这么说过。"

"对我来说这也是美好的一年。"我说。

其实这并不全是实话,从总体上来说不是,但与希拉里相关的部分是美好的。迈尔斯和霍丽又退回到了他们所属的过去,现在希拉里要去开始一种新的生活,她没有邀请我前往,我对此也不感兴趣。

霍丽是否知道她女儿曾对我哥哥以身相许,而在几天之后我哥哥就犯下了第二桩更为严重的罪行?我始终不知道。但是,就像她秋天会在花园里翻土一样,她可能也会疑惑最近的家庭变故是否与我们三个在蒙特利尔的最后那个夜晚有关。她是否想知道，迈尔斯会成为一个什么样的男人，会过一种什么样的生活？如果事情的发展没有那么戏剧性的话，我们三个会在哪里？偶尔神思恍惚之间，我会想象我们在希腊某个烈日炎炎的岛屿上，像过去一样吃吃喝喝，尽自己最大的努力获得更美好的未来。可是，如今霍丽消失了，成为我生命中的一个幻影，像遥远的菲律宾的那些村庄一样被卷走了，我所能做的就是希望铭记她年轻时候的模样。

那天下午，送希拉里到机场后，我绕道去了那片已经二十多年没去的墓地。那是一个寒冷的晴天的傍晚，我一直在考虑三个月前伊莎贝尔用冰块贴着我脸时提出的那个问题。我在这里的时候，有什么事是我应该做而没有做的？我找到那块墓碑时，天已经擦黑，我站在迈尔斯的墓旁告诉他，我成为了一个什么样的男人，我的成功与失败，我娶的女人，我和她生的女儿，我希望他安息，希望也许此刻正看着我们的他知道我从未背叛过他。

*　　　*　　　*

那是一个漫长而难熬的秋天和初冬。我整天忙于学院的事，每星期给马德里打一两个电话，跟艾娃和伊莎贝尔聊聊，扳着指头数我离开的日子。我定期去探视纳特，但我们互相没有多少话可说。他只剩下我了。审判的日子终于确定，替他辩护的那三位律师决定由我作为他的品德信誉见证人出庭作证。我要用我自己的话告诉大家，我哥哥是个什么样的人。

他把手按在树脂玻璃上，说道：“你比任何人都了解我。”

我把手贴在他手上，我们的手指和手掌之间隔着冰冷的玻璃。我说我会尽力去做，然而说实在的，我觉得好像一点也不了解他了。

“我只有这点要求。”他说。

第二天我飞往西班牙。我想在飞机上睡一会儿,但没睡着。我看了两部电影,读了几本杂志,最后,葡萄牙波涛汹涌的海岸线在我的舷窗外出现了。四十五分钟后,我们在马德里缓缓降落,我能依稀分辨出马约尔广场、丽池公园,甚至阿托查车站,至少我认为是阿托查车站,当时我和伊莎贝尔就是在那儿坐在警车后面,后来又一起回家。

办完了通关和入境手续,我打出租车去往维多利亚皇后酒店,认为最好给自己和伊莎贝尔一点时间做好准备,迎接我们之间业已出现的新的可能性。

清洁女工仍在我惯常下榻的那个房间里打扫卫生,于是我到楼下的酒吧喝杯咖啡,直到酒店的一位侍者过来告诉我说房间可以入住了。我洗漱了一下,拿出箱子里的东西,吃了一顿像样的早餐,然后去工作。

这是圣诞假期前的最后一天,学院里一片忙乱。罗莎像往常一样欢迎我回来,在我两边面颊上各吻了一下。我对她说她身上散发着松树林的清香。

她笑了,指着她竖在墙角的那棵圣诞树。“总是在工作。”她说。

我在学院里到处走了走,祝学生和老师们节日快乐。我的桌上有一摞红包等着我。我戴上罗莎专门买来的傻乎乎的白胡子,把红包一个个派发出去。

一天快结束时,我穿过马路,隔着咖啡馆的窗户朝里看。里面挤满了学生、眼里满含憧憬的恋人,和进去喝一杯暖和暖和的圣诞节采购者。我注视着一个老人和一个小姑娘,把一粒蓝色的弹珠在两杯热气腾腾的巧克力间滚来滚去。他们的桌子离窗户最近,旁边的那张桌旁坐着两个一脸疲惫的背包旅行客,对着一本《西班牙旅游指南》商量着什么。这时艾娃给我的手机打来电话,说道:“我都等不及要见你了。我们已经到了。”

“我在路上了。二十分钟就到。”

“爸爸?”

“怎么了,宝贝儿?”

“我有一道最棒的题。你永远也解不出来。琢磨一百万年也没戏。”

“我吓得发抖了。”我说。

“不是一般的难。这道题会把你的脑子拧成一个椒盐卷饼。比椒盐卷饼还要惨。”

“说来听听。”我说。

“现在?”

“我需要笨鸟先飞,是不是?”

“可是你得答应我一件事。”

“什么?”我说。

“这次可不许放弃。成交?”

“成交。”我说。

然后她就跟我说了她最新的一道脑筋急转弯。很长,错综复杂,有许多个层次。她又让我重复了一遍,确保我真的听明白了。

“好了,”她说,“祝你解题愉快。”

挂断电话后,我又对着咖啡馆里看了一会儿,脑子里开始琢磨女儿的这个新谜语。背包客已经背上他们沉甸甸的包,准备出发了,但老人仍跟小姑娘一起坐在那儿,在洁白的桌布上来回滚动那颗弹珠,慢慢喝着巧克力,似乎并不急于离开。

我动身朝妻子和女儿正在等我的那家饭店走去,上衣敞开着迎向凛冽的寒风。所有的咖啡馆和人行道上都挤满了拎着大包小包圣诞礼物的人们。这个季节置身于马德里这样一座城市,感觉真是美妙。商店的橱窗把温暖的灯光洒在街道上。酒馆和饭店渐渐挤满了人。空气里飘着榛子和烤鸡的香味儿。我手里拿着公文包,一边欣赏行人们脸上的光彩和美丽,一边试着解出女儿的那个谜语。可是我越想越觉得摸不着头脑。每次以为自己快要接近答案了,就又会冒出一个新的、更丰富的可能性,不一会儿,这个可能性又被一个更新的、更令人兴奋的可能性所淘汰。最后,我走完二十个街区,推开我们最喜欢的那家老饭店的门,看见我女儿坐在她妈妈身边,四目相对,艾娃脸上绽开的笑容使我顿时明白了,可能性其实是永无穷尽的。

致　谢

作者愿在此感谢多伦多艺术委员会、安大略省艺术委员会和加拿大艺术委员会的支持，还要感谢安大略省贝菲尔德小旅店的好心人们。

21 世纪年度最佳外国小说书目
(2001—2014)

2001 年:

1. 要短句,亲爱的 〔法〕彼埃蕾特·弗勒蒂奥 著
2. 雷曼先生 〔德〕斯文·雷根纳 著
3. 天空的皮肤 〔墨西哥〕埃莱娜·波尼亚托夫斯卡 著
4. 无望的逃离 〔俄罗斯〕尤·波里亚科夫 著
5. 饭店世界 〔英〕阿莉·史密斯 著
6. 凯恩河 〔美〕拉丽塔·塔德米 著

2002 年:

7. 老谋深算 〔美〕安妮·普鲁克斯* 著
8. 间谍 〔英〕迈克尔·弗莱恩 著
9. 尘世的爱神 〔德〕汉斯-乌尔里希·特莱希尔 著
10. 幸福得如同上帝在法国 〔法〕马尔克·杜甘 著
11. 黑炸药先生 〔俄罗斯〕亚·普罗哈诺夫 著
12. 蜂王飞翔 〔阿根廷〕托马斯·埃洛伊 著

---

* 即安妮·普鲁。

2003 年：

13. 伊万的女儿，伊万的母亲 〔俄罗斯〕瓦·拉斯普京 著
14. 完美罪行之友 〔西班牙〕安德烈斯·特拉别略 著
15. 砖巷 〔英〕莫妮卡·阿里 著
16. 夜半撞车 〔法〕帕特里克·莫迪亚诺 著
17. 夜幕 〔德〕克里斯托夫·彼得斯 著
18. 灵魂之湾 〔美〕罗伯特·斯通 著

2004 年：

19. 深谷幽城 〔哥伦比亚〕阿瓦德·法西奥林塞 著
20. 美国佬 〔法〕弗朗兹-奥利维埃·吉斯贝尔 著
21. 台伯河边的爱情 〔德〕延·孔涅夫克 著
22. 巴拉圭消息 〔美〕莉莉·塔克 著
23. 守望灯塔 〔英〕詹妮特·温特森 著
24. 复杂的善意 〔加拿大〕米里亚姆·托尤斯 著
25. 您忠实的舒里克 〔俄罗斯〕柳·乌利茨卡娅 著

2005 年：

26. 亚瑟与乔治 〔英〕朱利安·巴恩斯 著
27. 基列家书 〔美〕玛里琳·鲁宾逊 著
28. 爱神草 〔俄罗斯〕米·希什金 著
29. 爱的怯懦 〔德〕威廉·格纳齐诺 著
30. 妖魔的狂笑 〔法〕皮埃尔·贝茹 著
31. 蓝色时刻 〔秘鲁〕阿隆索·奎托 著

2006 年：

32. 梅尔尼茨 〔瑞士〕查理斯·莱文斯基 著

33. 病魔　〔委内瑞拉〕阿尔贝托·巴雷拉 著
34. 希腊激情　〔智利〕罗伯托·安布埃罗 著
35. 萨尼卡　〔俄罗斯〕扎·普里列平 著
36. 乌拉尼亚　〔法〕勒克莱齐奥 著
37. 皇帝的孩子　〔美〕克莱尔·梅苏德 著

2008 年(本年起,以评选时间标志年度):

38. 太阳来的十秒钟　〔英〕拉塞尔·塞林·琼斯 著
39. 别了,那道风景　〔澳大利亚〕亚历克斯·米勒 著
40. 优美的安娜贝尔·李　寒彻颤栗早逝去
〔日〕大江健三郎 著
41. 大师之死　〔法〕皮埃尔-让·雷米 著
42. 午间女人　〔德〕尤莉娅·弗兰克 著
43. 情系撒哈拉　〔西班牙〕路易斯·莱安特 著
44. 曲终人散　〔美〕约书亚·弗里斯 著
45. 我脸上的秘密　〔爱尔兰〕凯伦·阿迪夫 著

2009 年:

46. 恋爱中的男人　〔德〕马丁·瓦尔泽 著
47. 卖梦人　〔巴西〕奥古斯托·库里 著
48. 秘密手稿　〔爱尔兰〕塞巴斯蒂安·巴里 著
49. 天扰　〔加拿大〕丽芙卡·戈臣 著
50. 悠悠岁月　〔法〕安妮·埃尔诺 著
51. 图书管理员　〔俄罗斯〕米哈伊尔·叶里扎罗夫 著

2010 年:

52. 转吧,这伟大的世界　〔美〕科伦·麦凯恩 著

53. 卡尔腾堡 〔德〕马塞尔·巴耶尔 著
54. 恋人 〔法〕让-马克·帕里西斯 著
55. 公无渡河 〔韩〕金薰 著
56. 逆风 〔西班牙〕安赫莱斯·卡索 著

2011 年：

57. 古泉酒馆 〔英〕理查德·弗朗西斯 著
58. 天使之城或弗洛伊德博士的外套
〔德〕克里斯塔·沃尔夫 著
59. 复活的艺术 〔智利〕埃尔南·里维拉·莱特列尔 著
60. 哪里传来找我的电话铃声 〔韩〕申京淑 著
61. 卡迪巴 〔法〕让-克里斯托夫·吕芬 著
62. 脑残 〔俄罗斯〕奥利加·斯拉夫尼科娃 著

2012 年：

63. 沙滩上的小脚印 〔法〕安娜-杜芬妮·朱利安 著
64. 阳光下的日子 〔德〕米夏埃尔·库普夫米勒 著
65. 唯愿你在此 〔英〕格雷厄姆·斯威夫特 著
66. 帝国之王 〔西班牙〕哈维尔·莫洛 著
67. 鬼火 〔美〕莉迪亚·米列特 著
68. 骗局的辉煌落幕 〔瑞典〕谢什婷·埃克曼 著
69. 暴风雪 〔俄罗斯〕弗拉基米尔·索罗金 著

2013 年：

70. 形影不离 〔意〕亚历山德罗·皮佩尔诺 著
71. 我们是姐妹 〔德〕安妮·格斯特许森 著

72. 聋儿 〔危地马拉〕罗德里格·雷耶·罗萨 著
73. 我的中尉 〔俄罗斯〕达尼伊尔·格拉宁 著
74. 边缘 〔法〕奥里维埃·亚当 著

2014 年：

75. 生命 〔德〕大卫·瓦格纳 著
76. 回到潘日鲁德 〔俄罗斯〕安德烈·沃洛斯 著
77. 潜 〔法〕克里斯托夫·奥诺-迪-比奥 著
78. 在岸边 〔西班牙〕拉法埃尔·奇尔贝斯 著
79. 麻木 〔罗马尼亚〕弗洛林·拉扎莱斯库 著
80. 回家 〔加拿大〕丹尼斯·博克 著